CB073455

DeRose

Método de

Boas Maneiras

COLETÂNEA BEM-HUMORADA DE DICAS SOBRE ETIQUETA
POLITICAMENTE CORRETA E SEM SALAMALEQUES

Selo editorial
Egrégora

www.MetodoDeROSE.org

Senhor Livreiro,

Sei o quanto o seu trabalho é importante e que esta é a sua especialidade. Por isso, gostaria de fazer um pedido fundamentado na minha especialidade: este livro não é sobre autoajuda, nem terapias e, muito menos, esoterismo. Não tem nada a ver com Educação Física nem com esportes.

Assim, agradeço se esta obra puder ser catalogada como **Boas Maneiras**.

Grato,

O Autor

As páginas deste livro foram impressas em papel 100% reciclado. Embora seja mais caro que o papel comum, consideramos um esforço válido para destruir menos árvores e preservar o meio ambiente. Contamos com o seu apoio.

Impresso no Brasil/*Printed in Brazil*

COMENDADOR
DeROSE

Doutor *Honoris Causa* pelo Complexo de Ensino Superior de Santa Catarina
Membro do CONSEG – Conselho de Segurança dos Jardins e da Paulista
Conselheiro da Academia Brasileira de Arte, Cultura e História
Grão-Mestre Honorário da Ordem do Mérito das Índias Orientais, de Portugal

MÉTODO DE

BOAS MANEIRAS

COLETÂNEA BEM-HUMORADA DE DICAS SOBRE ETIQUETA
POLITICAMENTE CORRETA E SEM SALAMALEQUES

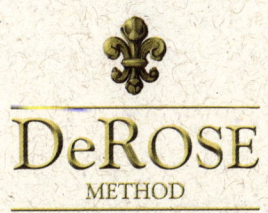

DeROSE
METHOD

Al. Jaú, 2000 - São Paulo SP - tel. (11) 3081-9821

Paris – London – New York – Roma – Barcelona – Buenos Aires – Lisboa – Porto – Rio – São Paulo

© Copyright 1995: L. S. A. DeRose (todos os direitos reservados)

Projeto editorial, digitação, diagramação, ilustração e paginação em Word: DeRose

Capa: Patricia Gomiero
Foto da capa: Iazzetta
Ilustrações: Joris Marengo
Revisão: Diana Raschelli de Ferraris, Melina Flores
Revisão desta edição: Fernanda Neis
Revisão de português: Vênus Santos
Book designer: DeRose
Edição dos links para vídeos complementares: Daniel Cambria e Carla Aguiar
Produção gráfica: DeROSE Editora
Realização gráfica: Office

A Editora não responde pelos conceitos emitidos pelo autor.

Impressão diretamente de arquivo em Word: Rettec Artes Gráficas e Editora Ltda
24ª. edição em papel: 2015

Pedidos deste livreto podem ser feitos para:
DeROSE Editora – Alameda Jaú, 2000 – CEP 01420-002, São Paulo, SP – Brasil
Ou para egregorabooks.com

DADOS INTERNACIONAIS DE CATALOGAÇÃO NA PUBLICAÇÃO (CIP)
ELABORADO PELO AUTOR

DeRose, L.S.A., 1944 -
Boas Maneiras / DeRose. - São Paulo :
DeROSE Editora, através do Selo Editorial Egrégora
2010
1. Boas Maneiras 2. DeRose 3. I. Título

CDD- 181.45

ISBN 978-85-62617-01-0

DeRose, 2008

ÍNDICE GERAL

Os que precisam deste livro não vão lê-lo.
Se lerem não vão entender.
Se entenderem não vão concordar.
Se concordarem não vão conseguir mudar.
Portanto, escrevo para você que não precisa dele.

AGRADECIMENTO

Este livro deve muito do seu efeito bem-humorado ao artista que executou os desenhos com maestria e, ainda por cima, ofertou-os sem cobrar nada ao autor.

Esse abnegado artista foi o nosso amado Prof. Joris Marengo, o Jojó, que já me privilegia com a sua amizade há mais de quarenta anos.

Sem o incentivo das ilustrações, muita gente poderia até interpretar estas dicas de forma menos palatável.

Portanto, obrigado Jojó. Não apenas por seu traço genial, mas também pela sua amizade, pelos seus abraços apertados e pela sua risada contagiante.

Que estejamos juntos para todo o sempre e até depois dele.

Boas Maneiras com Método

Definitivamente, este é um livro de etiqueta que pode ser aplicada, descontraidamente, por pessoas de todas as idades e em qualquer ambiente. Estou certo de que os leitores experientes em boas maneiras hão de aprender muita coisa interessante para incorporar à sua *politesse*.

Neste **Método de Boas Maneiras** nós vamos abordar questões de comportamento tão necessárias para toda a gente e tão pouco cultivadas nos nossos dias. Contudo, trataremos especialmente da atitude social de pessoas que se identificam com um *life style* que chamaremos de "*clean*".

Uma questão crucial, quando tratamos de bons modos, é que se você não sente a necessidade de se refinar, a leitura será infrutífera. Lerá, dará boas risadas com alguns temas, mas não incorporará o aconselhamento à sua vida. Será refratário. Por que isso?

A explicação é simples: todos estamos acostumados ao meio cultural em que nascemos e crescemos. Aprendemos a gostar daquelas coisas que caracterizam nossa "casta". Noto que há gente à minha volta que não dá a mínima para o refinamento comportamental. Falar com essas pessoas sobre etiqueta é pregar no deserto. É como se tais amigos e colegas pensassem: "Ah! Que pernóstico! Por que não posso segurar o garfo como todos os meus parentes e amigos? Por que não devo falar como falam todos os do meu bairro? Por que não posso rir alto, andar de chinelos e eructar à vontade? Isso de etiqueta é muito chato e não entendo para quê."

O bom deste livro é que mesmo para esses a leitura divertirá e ilustrará bastante. Então, aproveitemos todos!

O QUE É A TRIBO *CLEAN*?

"Tribo *clean*" é a expressão que me parece mais adequada para designar um segmento de público de todas as idades, mas especialmente jovem, que adota um modo de vida leve, descontraído, espontâneo, saudável, que aprecia manter seu corpo desintoxicado e a natureza preservada. Trata-se de pessoas que amam os animais, que são da paz e são do bem, pessoas que gostam de cultivar a qualidade de vida.

Esta é a nossa maneira de propor um mundo justo e perfeito.

QUALIDADE DE VIDA

Qualidade de vida é tornar sua existência descomplicada, é fazer o que lhe dá prazer, com alegria, saúde e bem-estar, com boa alimentação, boa forma e boa cabeça.

Qualidade de vida é relacionar-se de maneira descontraída, ética e responsável com o meio sociocultural, procurando compartilhar e interagir, agregando sempre generosidade, elegância, respeito e carinho às nossas relações humanas mediante a adoção de um conjunto de valores que incluem boa cultura, boa civilidade e boa educação.

Qualidade de vida é adotar uma visão de mundo que nos motive a buscar o desenvolvimento e o aprimoramento contínuo, conquistando a nossa excelência através do estudo, dos ideais e do autoconhecimento.

Qualidade de vida é manter um padrão de gastos dois degraus abaixo do que você ganhar. É residir próximo ao trabalho. É alimentar-se com frugalidade. É conseguir extrair satisfação de todas as coisas. É esbanjar o seu tempo dando atenção aos amigos e aos conhecidos. É dar flores à pessoa amada. É não se deixar abalar pelos percalços da vida. É amar com franqueza e perdoar com sinceridade.

Estes são os nossos valores.

Vídeo: derose.co/boasmaneiras1

Boas Maneiras

É usar papel reciclado

Quando penso nos milhares de livros, jornais e revistas que são impressos todos os dias, muitos dos quais não têm a menor relevância e que vão para o lixo comum sem sequer poderem ser reaproveitados, não posso deixar de imaginar a quantidade de árvores abatidas inutilmente.

Qualquer pessoa com um mínimo de consciência ambiental preocupa-se com a destruição das florestas para a produção de papel (ainda que elas tenham sido plantadas para esse fim). Mas não são só as árvores. Na produção industrial do papel, consome-se água, poluem-se os rios, suja-se o ar, gasta-se energia e contribui-se para o aquecimento global. O próprio solo, do qual são retiradas as árvores, deixa de receber de volta os elementos nutritivos que foram extraídos dele para o crescimento da madeira, agora extraída do seu local de origem e levada aos milhões de toneladas para as indústrias.

Reciclar é preciso. Trata-se de um indício seguro de civilidade e constitui a única saída para um planeta superpovoado, poluído e padecendo de uma crescente escassez de recursos naturais.

Por isso mesmo, deixa-nos perplexos que escritores inteligentes e bem-intencionados não tenham utilizado até agora o papel reciclado em seus livros. E não o utilizam porque no presente momento em que publicamos esta obra o reciclado é mais caro do que o papel comum.

Não importa se o custo de edição vai me sair mais caro. Meus leitores fazem parte de uma tribo engajada, responsável, com a consciência de que vale a pena um pequeno esforço de cada um em prol da proteção ambiental, em benefício de todos.

Temos a certeza de que outros autores e editoras seguirão o nosso exemplo e logo passarão a imprimir suas obras com papel reciclado, poupando milhares de árvores e resguardando nosso amado planeta de mais poluição.

Dize-me com quem andas...

Desde criança um fato sempre me despertou a atenção. Como é que conseguimos reconhecer o padrão cultural de uma pessoa apenas olhando para ela? O que será que a distingue das demais, a ponto de, simplesmente pelo olhar, chegarmos a saber aproximadamente até que vocabulário ela usa para falar, que lugares ela frequenta, que bebidas ela toma?

O leitor estará tentado a me esclarecer que é devido à roupa, calçados e trato dos cabelos. Mas não é só isso. Passei minha juventude na praia de Ipanema, no Rio de Janeiro, um lugar muito democrático, no qual tomavam sol, banhavam-se, jogavam vôlei e surfavam tanto a classe média quanto os dois extremos sociais: os abastados moradores dos metros quadrados mais caros do país e os moradores de comunidades carentes. Na praia, especialmente no Brasil, usa-se muito pouca roupa. E, apesar disso, é impressionante como olhando três jovens da mesma etnia, vestidos só de calção de banho e com os cabelos em desalinho, molhados do mar, você consegue identificar: este é classe média, aquele é classe AA e este outro é humilde.

Então, há algo mais, além de roupa, calçados e cabelos tratados. Há compostura, expressão corporal, linguagem gestual, expressão fisionômica. Numa palavra: atitude.

Quando uma pessoa pensa e sente, isso influencia sua atitude. A cultura, educação e todas as circunstâncias vivenciadas incorporam-se inexoravelmente ao seu patrimônio corporal. Não dá para enganar. Se você é arquiteto, dificilmente conseguirá fazer-se passar por pedreiro e vice-versa.

Para ter uma ideia do que queremos dizer com isso, assista a um filme com Sean Connery ou com Audrey Hepburn. Até quando eles querem representar pessoas mal-educadas conseguem ser charmosos.

Este livro tem a intenção (pretensão?) de alavancar **todas** as pessoas, não importando sua origem, a um patamar excelente de comportamento e atitude.

BOAS MANEIRAS, PARA QUÊ?

As normas que se seguem são basicamente aplicáveis aos adeptos da proposta *clean*. Contudo, estas dicas serão úteis a todos, pois visam desenvolver um sentido estético do comportamento com amplitude universal.

É bem verdade que um praticante da Nossa Cultura não usa drogas, não fuma, não toma álcool e não come carnes de animais mortos. Por isso mesmo, devemos estar atentos para uma perfeita integração familiar, social e profissional. Evidentemente, procuramos manter o mimetismo a fim de não chamar a atenção. Mas, às vezes, não funciona. Então, que sejamos notados e lembrados pela nossa elegância, simpatia, cultura e cordialidade.

A maior parte das normas de conduta surgiram de razões práticas. Se você conseguir descobrir o veio da consideração humana, terá descoberto também a origem de todas as fórmulas da etiqueta.

Tudo isso se resume a uma questão de educação. Boas maneiras são as maneiras de agir em companhia de outras pessoas de forma a não invadir seu espaço, não constrangê-las e fazer com que todos se sintam bem e à vontade na sua presença. Por isso, boas maneiras são uma questão de bom senso.

Aliás, com relação a esse pormenor, reconheçamos que boas maneiras são também convenções em constante mutação, dependendo do tempo e do espaço. Por isso, o manual de etiqueta que serve para a Europa, não serve para o Japão e o que foi publicado alguns anos atrás, hoje já pode estar desatualizado, pois o mundo se transforma rapidamente.

Assim, o melhor que você tem a fazer quando está fora do seu *habitat* é esperar que os outros ajam antes, observar e fazer igual. Se comem com a mão, siga o exemplo; se com *hashi*, trate de conseguir fazer o mesmo.

Mas se, apesar de tudo, você não conseguir seguir determinados costumes, simplesmente decline-os. Jamais vou conseguir tomar sopa ou chá fazendo ruído, nem eructar no fim da refeição como é correto em alguns países. Nesses casos, conto com a indulgência dos anfitriões pelo fato de eu ser um estrangeiro que não sabe se comportar 100% de acordo com as maneiras locais. Contento-me com uns 95%.

Porém, se você é o anfitrião, cuide de pôr seu convidado à vontade, fazendo como ele — sempre que possível. Tenho um amigo que, para não deixar seu convidado constrangido, acompanhou-o e bebeu a lavanda que foi servida após a refeição para lavar as pontinhas dos dedos.

Outro fato bastante conhecido foi o de um diplomata árabe que, numa recepção de gala, terminou de comer uma coxinha de frango e atirou o osso para trás. Por um instante, todos se entreolharam como que a se perguntar: "O que faremos?". Ato contínuo, o anfitrião imitou-o e, em seguida, todos estavam atirando seus ossinhos por sobre o ombro... e divertindo-se muito com isso.

SUTILEZA É SINÔNIMO DE BOAS MANEIRAS

Onde há sutileza, em geral, há boa educação. Sutileza tem a ver com polimento, refinamento.

Sutileza na maneira de segurar uma xícara, um copo, um garfo. Sutileza na forma de sentar-se no sofá sem se atirar nele ou de se virar na cama sem disturbar o parceiro que lá está. Sutileza na maneira de tocar pessoas e objetos. Sutileza na forma de fechar o porta-malas do automóvel de um amigo. Sutileza na hora de repor as coisas exatamente no lugar de onde as tiramos, na casa dos outros, por mais íntimos que sejamos. Sutileza na hora de selecionar as amizades e as pessoas com quem vamos envolver-nos afetivamente. Sutileza na maneira de reclamar ou na forma de dizer uma verdade.

Não há nada mais agradável que poder dizer a alguém:

– Não sei se eu gostaria disso.

E o outro compreender que você não quer isso de maneira nenhuma, não insistir e não perguntar por quê. Já imaginou se, para obter esse resultado, você precisasse dizer:

– Olha aqui, meu amigo. Eu não estou a fim, está me entendendo? Pare de insistir.

E, pior, se o espécimen de *Homo sapiens* não compreendesse palavras e você precisasse apelar para a força física a fim de ser respeitado! Por exemplo, tendo que trancar à chave um aposento para que o humanóide entendesse que não é para entrar! Certa vez, tive uma secretária que não respeitava a porta fechada da minha sala. Tinha que estar chaveada ou ela irromperia pela minha intimidade adentro.

Creio que pela comparação com os opostos o conceito de sutileza e seu valor ficam mais claros, não é?

Sutileza é o assistente não deixar para fazer depois ("Deixa aí que depois eu faço.") o que seu superior solicitar e, ainda por cima, esquecer-se e não fazer.

Sutileza é não pedir nada emprestado, mas, se pedir, devolver logo e em perfeito estado. É não mexer nos livros e demais objetos de outra pessoa. É não colocar nada em cima da mesa de trabalho do outro, e lá deixar ficar, contribuindo com a confusão ou para aumentar o *stress*.

Sutileza é ser delicado, atencioso, cuidadoso, suave, gentil. Ser sutil é esforçar-se para não fazer nada que possa desagradar os demais. É ser gato e não ser cão ao movimentar-se, ao pisar, ao esbarrar e ao tocar.

Ser sutil é absorver e assimilar uma educada indireta ao invés de comportar-se como um muro de pedra e rechaçar a crítica, devolvendo-a automaticamente para se defender.

A cidade de Canela, no Rio Grande do Sul, é bem fria no inverno. Certa vez, visitando uma amiga, fiquei dois dias hospedado em sua casa. Ela foi muito boa anfitriã, como os gaúchos costumam ser. Providenciou comidinhas gostosas, uma roupa de cama perfumada, toalhas fofinhas para o banho. Depois da ducha, perguntou elegantemente se estava tudo a contento. Sutilmente, informei-a de que a ducha do quarto de hóspedes não estava aquecendo e brinquei dizendo que não tinha importância porque banho frio no inverno constitui um excelente benefício para a circulação. Tínhamos intimidade para o gracejo. Qual não foi a minha perplexidade ao escutar sua resposta:

– É... mas eu também tive que tomar banho frio na sua casa[1].

Rimos muito do infortúnio recíproco e continuamos amigos. Mas carrego comigo até hoje a dúvida cruel: será que ela se melindrou? É atroz ter que preservar uma amizade à custa de caminhar sobre ovos. Uma coisa ela perdeu para sempre. Nunca mais vou contribuir com uma crítica construtiva, pois percebi que ela não a aceita. E nunca mais vou usar de sutilezas com ela.

---

1 Porque não sabia como funcionava o chuveiro com aquecedor central a gás, com uma torneira de água quente e outra de água fria.

Ser sutil é reconhecer um erro que lhe tenha sido apontado por outrem, até mesmo quando você discordar e achar que está com a razão. Tenho alguns amigos, excelentes pessoas, mas que estão o tempo todo na defensiva. Jamais escutam e jamais aceitam. Precisam justificar-se sempre.

Aliás, se formos analisar friamente, tão friamente quanto o meu banho, precisamos reconhecer uma definição que afirma: a neurose consiste em ter aprendido errado, em ter assimilado uma educação errada. Assim, podemos concluir, o mal-educado é um neurótico. Um exemplo é o comportamento observado em alguns extratos culturais que aprendem a "não levar desaforo para casa" e, em virtude disso, talvez levem para casa um olho roxo, uma inimizade para o resto da vida ou um processo criminal por agressão. Não se discute que tais pessoas aprenderam errado como viver.

Ser sutil é sinônimo de ser bem educado, mesmo quando a origem é humilde, ainda que nunca se tenha lido um livro de boas maneiras. Vídeo: derose.co/boasmaneiras2

O SORRISO

O mundo é como um espelho: sorria para ele e só verá sorrisos.

Se há uma linguagem universal, essa é o sorriso. Você pode não falar o idioma de um determinado país, mas ao sorrir para as pessoas, todos o compreendem e retribuem.

O sorriso serve como cumprimento, como pedido de desculpas e como aceno silente e simpático quando olhares se cruzam.

Se você entra num ambiente e sorri para os que lá estão, é como se estivesse lhes dizendo: "Como vão? Estou feliz por vê-los."

Se, ao conduzir seu automóvel, comete um erro no trânsito, o sorriso pode significar: "Desculpe, amigo, foi sem querer."

Em minhas aulas digo coisas capazes de fazer corar uma estátua de mármore, mas, como falo sorrindo, o público ri comigo e não se ofende.

Pessoas sisudas terminam por absorver uma impressão azeda do mundo, pois os demais vão refletir sua fisionomia e retribuir com a mesma frieza ou antipatia.

Treine todos os dias um exercício de musculatura da face: procure erguer os músculos que se situam bem abaixo dos olhos. São aqueles que os desenhistas costumam representar com um arco sob os olhos quando desejam indicar simpatia ou felicidade. O sorriso é o nosso grande trunfo. Denota civilidade, educação, delicadeza, confiança em si mesmo... e abre muitas portas! Acima de tudo, sorrir rejuvenesce mais do que uma cirurgia plástica e é muito mais barato.

Vídeo: derose.co/boasmaneiras3

GARGALHADAS

Sorrir, sim, o tempo todo. E quanto às gargalhadas? Até o nome é feio! Rir é o melhor remédio, sem dúvida. Mas muita atenção com o som emitido quando você descontrai demais e dá aquela risada escrachada.

Você já notou que cada ser humano tem uma gargalhada diferente. e que todas são um tanto quanto espalhafatosas? Algumas parecem o som de certas aves ou animais, nada condizentes com os bons modos. Só conheci uma meia dúzia de pessoas elegantes cuja gargalhada, mesmo alta, era gostosa e belissonante.

Eu, particularmente, gosto muito de estar rodeado de gente feliz e sorridente.

A questão é, mais uma vez, de sutileza. Você pode ser feliz e desreprimido sem, no entanto, descambar para o espalhafato. Há que tomar cuidado para não ofender quem estiver em volta e que não estiver compartilhando da hilaridade.

Isto é muito importante. O riso é um comportamento que ou inclui ou exclui, não há neutralidade. Se a pessoa circundante não estiver achando a mesma graça, você poderá estar se excedendo e ela acabará por sentir-se excluída ou, até pior, irá se ofender, supondo que estão rindo dela.

E quando alguém atender ao telefone, já imaginou o que escutariam do outro lado da linha, especialmente tratando-se de um ambiente profissional?

Mas não deixe de ser feliz, não se reprima, ria à vontade. Apenas cuide de educar o som emitido e de controlar o seu volume.

TIMIDEZ

Já a timidez é um problema. Chego a declarar aos mais íntimos que ser tímido é falta de educação, pois deixa os demais descon-fortáveis. Como o inibido não se manifesta, pouco fala, pouco sorri, quem está em volta nunca sabe se está agradando ou se o acanhado gostaria de estar noutro lugar, em companhia de outra pessoa. Se o retraído é hospede de alguém, o anfitrião se sente constrangido porque não sabe mais o que fazer para deixá-lo à vontade. Ser tímido é a fórmula do fracasso em qualquer profis-são e em qualquer relacionamento humano. Ser descontraído, expansivo, bem-falante, sorridente, carinhoso é a fórmula do sucesso.

DISTURBO, ERGO SUM.

Por falar em som emitido e em controlar volume, um outro cuidado é com o volume de qualquer ruído, não apenas com o das gargalhadas.

Geralmente, quanto menos polida for a pessoa, mais ruído fará. O fato é que barulho costuma só ser agradável a quem o produz, mas raramente para quem apenas o escuta. É um fenômeno interessante. Aquele que grita, solta rojão ou produz algum outro tipo de ruído alto, experimenta uma forma de prazer primal, como se, pela intensidade do ruído produzido, percebesse que existe (*disturbo, ergo sum*), pois interfere na harmonia do Cosmos.

Quanto mais sensível e refinada for, menos ruído a pessoa produzirá ao se movimentar pelo Universo. Falará mais baixo, rirá mais baixo, produzirá menos ruído ao comer ou beber, e ao divertir-se. Os demais não perceberão tanto a sua proximidade, logo, não a considerarão um invasor do seu território e lhe votarão menos animosidade. Isso se chama *low profile*, que é considerado uma estratégia de sobrevivência e de conquista do sucesso no século XXI.

DAR E RECEBER

Ao dar ou receber alguma coisa, use somente a mão direita. Se usar as duas, a direita deve estar por cima e a esquerda em concha por baixo. A mão esquerda, em muitos países, é considerada impura.

Essa convenção obedece a razões de ordem prática. O indiano julga mais educado comer com a mão. É preciso saborear os alimentos com os cinco sentidos: com os olhos, com o olfato, com a audição, com o paladar e com o tato, tocando o alimento para levá-lo à boca.

Quando se come com as mãos, é importante mantê-las bem limpas. Por isso, na Índia, as coisas sujas são tocadas com a mão esquerda e as limpas com a direita. Uma curiosidade: as túnicas indianas legítimas, denominadas kurta, costumam só ter bolso do lado direito como para recordar que o dinheiro só deve ser tocado com a mão limpa.

Já os cartões de visita, quando forem entregues a japoneses, deve-se fazê-lo com as duas mãos, segurando o cartão com as pontas dos dedos e fazendo uma discreta mesura, inclinando moderadamente o tronco e um pouco mais a cabeça. Essa atitude é sinal de respeito e de boa educação.

Não dirija as plantas dos pés

para ninguém

Deixar a parte de baixo dos pés na direção de outra pessoa não é recomendável. Por isso mesmo, cruzar as pernas, só em lugares descontraídos e com gente mais íntima. A explicação ocidental é a de que você nunca sabe o que pode haver na sola do seu sapato...

Na Índia[2] é mais grave. Sentar-se no chão, mormente nas aldeias e nos mosteiros, é procedimento institucional. Nunca estenda as pernas na direção do Mestre. Na verdade seria indelicado mesmo em se tratando de outra pessoa com menor hierarquia. Procure manter as pernas flexionadas. Se can-

---

2 O autor menciona várias vezes a Índia por ter viajado para esse país durante vinte e cinco anos e ter estudado em monastérios dos Himálayas.

sar-se e precisar estender as pernas, faça-o a 45 graus, procurando não direcionar os pés para ninguém.

Já, com relação aos pés do Mestre a situação inverte-se. Nas escolas indianas mais tradicionais, o cumprimento usual é curvar-se até o chão e tocar com sua mão direita – a limpa! – nos pés do Mentor e, depois, trazer essa mão à sua própria testa. O sentido desse gesto é o de que mesmo a parte mais impura do Mestre é mais pura que o seu próprio rosto (pois costumavam caminhar descalços ou de sandálias e os pés ficavam mesmo bem sujinhos). Quando um Preceptor morre, suas sandálias ficam expostas à frente da sala de meditação ou seus pés são fotografados e a foto colocada numa moldura na sala de aula ou no salão nobre.

AO DIALOGAR

Para garantir o bom hálito, mantenha um cravo ou um grão de cardamomo no canto da boca quando for falar com alguém. Se lhe oferecerem uma balinha, aceite. Pode ser uma advertência de que o seu hálito não está bom. Por isso, ainda que você não goste de bala, mesmo que não queira, mesmo que não coma açúcar, aceite rapidamente.

Evite falar muito próximo do seu interlocutor. Respeite o espaço vital mínimo de um braço de distância. Além de atenuar problemas com o hálito e acidentes com o perdigoto, deixará de agredir o espaço territorial do outro. Pessoalmente, gosto muito de abraçar meus amigos, mas sinto-me invadido quando alguém chega perto demais para conversar. É que o abraço você dá e recebe, desfruta, mas depois acaba e o espaço vital continua preservado. Já a conversa pode se prolongar por minutos intermináveis com alguém quase no seu colo. Intolerável!

Quando houver mais de duas pessoas no recinto, jamais dirija a palavra exclusivamente a uma delas. Jamais fale num tom de voz confidencial. Jamais fale baixo. No ouvido, é impensável! Alterne o olhar seguidamente pelas demais durante o diálogo, a fim de perceberem que não há intenção de excluí-las da conversa.

Dê uma atenção especial a estas recomendações se estiver conversando com o seu professor ou pessoa de maior conhecimento, pois nessas circunstâncias a indelicadeza mencionada costuma ocorrer com muita frequência. Trata-se de uma atitude que gera constrangimento em todos e queima a sua imagem, uma vez que passa-lhe a sensação de o estar alugando, de estar exigindo atenção exclusiva, justo de quem tem a obrigação de dar atenção a todos. Isso o faz sentir-se cerceado, bloqueado e impedido. Nada de monopolizar o interlocutor, nem por um instante!

Sem perguntas

Na continuação das recomendações anteriores, aprenda a emitir opiniões ao invés de fazer perguntas. Falar da vida dos outros e fazer perguntas são duas coisas que você deve economizar. Não que sejam proibidas, mas uma boa dose de parcimônia é aconselhável.

Quando conversar com um professor, não faça perguntas. Ao conversar com um médico ou com um advogado, não queira aproveitar para fazer uma consulta. E procure dialogar sobre assuntos variados e divertidos: jamais apenas sobre um tema que interesse exclusivamente a você.

Isso é bem ilustrado pelo que ocorreu com um aluno nosso, brasileiro, numa festa em New York. Conversa vai, conversa vem, ele aproveitou para fazer uma pergunta sobre direito trabalhista a um advogado que lá estava para usufruir de alguns momentos de descontração. Na segunda-feira de manhã recebeu uma fatura de 900 dólares pela consulta!

COBRANÇAS E MAIS COBRANÇAS

Em princípio, não as faça a ninguém. Não há nada mais desagradável que aquele amigo, parente, marido, esposa que tenha o hábito de viver cobrando atitudes ou retribuições.

Contudo, a função do Mestre é, de certa forma, instigar o discípulo, provocá-lo para uma reação e, por isso mesmo, exigir dele uma série de comportamentos. Instrutor é quem dá aula e aluno é quem a recebe. Mestre é quem interfere na vida pessoal e nos hábitos privados do discípulo, para metamorfoseá-lo e catapultá-lo na via da evolução. Muitas vezes fá-lo numa intensidade que gera stress no discípulo, mas isso é assim mesmo. Há milhares de anos!

Não seja um descontente!

Mais de meio século de vida me ensinou a aceitar um defeito do ser humano como algo incurável: sua insatisfação.

Dei a volta ao mundo inúmeras vezes e conheci muita, mas muita gente mesmo. Travei contato íntimo com uma infinidade de fraternidades iniciáticas, entidades culturais, associações profissionais, academias desportivas, universidades, escolas, empresas, federações, fundações... Em todas elas, sem exceção, havia descontentamento.

Em todos os agrupamentos humanos há uma força de coesão chamada egrégora. Pela lei de ação e reação, toda força tende a gerar uma força oponente. Por isso, nesses mesmos agrupamentos surgem constantemente pequenos desencontros que passam a ganhar contornos dramáticos pela refra-

ção de uma ótica egocêntrica que só leva em conta a satisfação das expectativas de um indivíduo isolado que analisa os
fatos de acordo com suas próprias conveniências.

Noutras palavras, se os fatos pudessem ser analisados sem a
interferência deletéria dos egos, constatar-se-ia que nada
há de errado com esses fatos, a não ser uma instabilidade
emocional. Instabilidade essa que é congênita em todos os
seres humanos uma vez que ainda estamos em processo de
evolução. Afinal, somos uma espécie extremamente jovem em
comparação com as demais formas de vida no planeta. Estamos na infância da nossa evolução e, como tal, cometemos
inapelavelmente as imaturidades naturais dessa fase.

Observe que raríssimas são as pessoas que estão satisfeitas
com seus mundos. Em geral, todos têm reclamações do seu
trabalho, dos seus subalternos e dos seus superiores; da sua
remuneração e do reconhecimento pelo seu trabalho; reclamações dos seus pais, dos seus filhos, dos seus cônjuges, do
seu condomínio, do governo do seu País, do seu Estado, da
sua cidade, da polícia, da Justiça, do departamento de trân-

sito, dos impostos, dos vizinhos mal-educados, dos motoristas inábeis, dos pedestres indisciplinados... Quanta coisa para reclamar, não é?

Se formos por esse caminho, concluiremos que o mundo não é um lugar bom para se viver e seguiremos amargurados e amargurando os outros. Ou nos suicidaremos!

Já na antiguidade os hindus observaram esse fenômeno da pandêmica insatisfação humana e ensinaram como solucioná-la:

"Se o chão tem espinhos, não queira cobrir o solo com couro. Cubra os seus pés com calçados e caminhe sobre os espinhos sem se incomodar com eles."

Ou seja, a solução não é reclamar das pessoas e das circunstâncias para tentar mudá-las e sim educar-se a si mesmo para adaptar-se. A atitude correta é parar de querer infantilmente que as coisas se modifiquem para satisfazer ao seu ego, mas sim modificar-se a si mesmo para ajustar-se à realidade. Isso é maturidade. A outra atitude é neurótica, pois jamais você poderá modificar pessoas ou instituições para que se ajustem aos seus desejos. Não seja um desajustado.

Então, vamos parar com isso. Vamos aceitar as pessoas e as coisas como elas são. E vamos tratar de gostar delas. Você vai notar que elas passam a gostar muito mais de você e que as situações que antes lhe pareciam inamovíveis, agora se modificam espontaneamente, sem que você tenha que cobrar isso delas. Experimente. Você vai gostar do resultado!

Vídeo: derose.co/boasmaneiras4

Vídeo: derose.co/boasmaneiras5

A LIBERDADE É O
NOSSO BEM MAIS PRECIOSO!

Nossa tradição matriarcal do DeRose Method[3] valoriza muito a liberdade individual. Mas nossa estirpe de filosofia oriental nos induz a valorizar também a disciplina. Como equacionar essas duas forças aparentemente antagônicas?

[3] https://youtu.be/U1jyaLn7HMg

A conciliação entre elas encontra-se no meu livro **Quando é Preciso Ser Forte**, na recomendação: "A liberdade é o nosso bem mais precioso. No caso de ter que confrontá-la com a disciplina, se esta violentar aquela, opte pela liberdade." ...A liberdade de afastar-se e seguir o seu caminho.

O postulado da Gestalt nesse aspecto é genial quando ensina: "você não existe para me agradar; eu não existo para lhe agradar. Se, apesar disso, agradarmo-nos mutuamente, poderemos conviver. Se não, seguiremos separados." Você não acha brilhante?

Vídeo: derose.co/boasmaneiras6

Na sala de banho

Evite fazer ruídos fisiológicos no lavabo. Se estiver na casa de alguém, ou se tiver hóspedes, ou ainda se você não morar sozinho, um bom truque é sempre que entrar no *toilette*, abrir uma torneira para o barulho da água atenuar os sons que você possa emitir.

Contudo, é imperdoável produzir aqueles ruídos hediondos que pessoas menos educadas fazem com a garganta, sistematicamente, todas as manhãs, como se estivessem sendo sufocadas pelo catarro e precisassem livrar-se dele urgentemente. E a prova de que isso é desnecessário é o fato de que outros grupos culturais jamais cometem tais ruídos e continuam vivos.

Todo o cuidado é pouco com os fios de cabelo perdidos, que dão uma impressão de desleixo e falta de higiene. Acabando de se pentear ou de banhar-se, retire cuidadosamente todas as provas do crime. Inclusive, as que ficaram na escova!

Atenção: se você é casado(a), evite entrar no banheiro quando o cônjuge está lá. Dê um tempo! O fato das pessoas que vivem juntas estarem o tempo todo invadindo reciprocamente o espaço vital, uma o da outra, induz à impaciência sem motivo aparente e às consequentes rusgas.

DON'T MISFIRE!

Por falar em higiene, os homens devem tomar um cuidado especial para não salpicar o vaso com sua "água benta". Reconhecemos que o sexo masculino é anatomicamente prejudicado nesse sentido, mas isso não é desculpa. Os homens devem limpar cuidadosamente as bordas do sanitário com papel higiênico, e até o chão, se for o caso.

Se você não quiser adotar esses cuidados, tem uma alternativa: pode sentar-se para desaguar comodamente e com a relativa certeza de não estar contaminando tudo a sua volta.

Sobre o fato escabroso de pessoas que não têm o singelo hábito de pressionar o botão de descarga do vaso sanitário entendo que nem no ABC da educação deveria ser preciso ensinar algo tão básico. Mas, infelizmente, ainda existem pessoas no mundo que são anti-higiênicas a ponto de se "esquecerem" de dar descarga.

Ah! E não custa lembrar: quando não estiver em uso, deixe sempre baixada a tampa do recipiente sanitário.

Situação similar da boa educação e civilidade se aplica ao cuidado de recolher os dejetos do seu cãozinho, quando ele precisa fazer as necessidades em locais públicos.

A TEORIA DO ESPAÇO VITAL

Boa parte dos princípios de boas maneiras pode ser fundamentada na teoria do espaço vital. Essa teoria explica que cada ser humano tem um espaço territorial em torno de si, que varia conforme a etnia, o país e a educação de cada um. Como regra, quanto mais sensível e educada for a pessoa, maior o espaço vital ela aprecia que lhe concedam; e menor o que ocupa.

A teoria do espaço vital foi descoberta quando um grupo de cientistas observou sem ser visto, diversos pares de pessoas deixados dentro de uma sala vazia com apenas duas cadeiras para sentarem-se. Deixados esperando o suposto início da experiência, os *sujets* sentavam-se e punham-se a conversar. Descobriu-se, então, por exemplo, que os britânicos sentavam-se a uma boa distância um do outro e conseguiam manter uma conversação amena durante horas. No entanto, os italianos colocavam as cadeiras tão próximas que seus joelhos quase se tocavam. Em pouco tempo estavam exaltados e discutindo agressivamente.

O espaço territorial de uma pessoa é aquele que ela se reserva o direito de usufruir e, dentro de cujas fronteiras, qualquer ser humano é *persona non-grata*. Eventualmente, abrem-se exceções para os amigos, parentes e entes queridos, desde que saibam seus limites e sejam comedidos nessa invasão concedida.

Mesmo uma pessoa amada, se permanecer muito tempo próxima demais vai gerar desconforto. Se essa proximidade é constante, surgem as brigas, que podem ser deflagradas por razões muito fúteis.

Por isso, saiba respeitar e compreender a necessidade do seu apêndice conjugal de ficar só. Institua as férias conjugais. Considere a possibilidade de um casamento sartreano, com cada qual na sua casa. Garanto que vocês se amariam por muito mais tempo e se respeitariam muito mais.

O grande problema é que quando as pessoas estão apaixonadas cismam de grudar uma na vida da outra. Quando a outra também está passando por uma fase de loucura momentânea, concorda. Em pouco tempo começam os problemas. É a pasta de dentes que um gosta de apertar só na extremidade e o outro aperta desleixadamente no meio; é garrafa da água que um quer que seja fechada e o outro não vê nada demais em deixar aberta; é o volume da música que um gosta mais alta e o outro aprecia bem baixa; é a maneira de tirar a roupa e pendurá-la ordenadamente para um ou largada pelo avesso e jogada de qualquer maneira, que o outro não consegue evitar...

Nenhuma dessas razões seria justificativa para discutir com a namorada em fase de encantamento. Mas qualquer uma delas bastaria para motivar um pedido de divórcio se ocorresse repetidamente dentro da sua casa, o lugar onde você quer as coisas do seu jeito.

Observe que muito do que se denomina etiqueta social é, nada mais, nada menos do que o estabelecimento formal de limites. Os choques culturais e étnicos ocorrem quando um indivíduo ou grupo de indivíduos de alguma maneira invade ou põe em risco a identidade cultural de outro.

Se você quiser preservar uma amizade ou um relacionamento afetivo, metabolize esta regra áurea: a única maneira de prender alguém é soltar; a melhor maneira de perder alguém é cercear sua liberdade ou invadir sua privacidade.

Você já ouviu a expressão "gostinho de quero mais"? Quando você sabe a hora certa de ir embora, deixa essa sensação e os amigos lhe dirão com sinceridade:

— Mas você já vai? É cedo, fique mais um pouco.

Não fique! Deixe o gostinho de quero mais. Assim, será sempre bem-vindo. Imponha sua presença e saturará os anfitriões que possivelmente não o convidarão outra vez.

Não bloqueie

A teoria do espaço vital, tema do capítulo anterior, ensina-nos muitas coisas. Uma delas é que não devemos bloquear, restringir, solicitar, interromper, interferir, invadir, cercear, sufocar outra pessoa. Claro, você tem certeza de que não faz isso. Mas faz. Em maior ou menor grau, mas faz. Se acha que não, procure ter uma conversa franca e honesta com seu cônjuge. Seu marido ou sua esposa, quando desabafa com os amigos, reclama exatamente disso.

A menos que você se trate daquele 0,0001% de afortunados seres humanos que nasceram com uma programação genética diferente e instintivamente saem da frente quando alguém quer passar, sem que a pessoa tenha que pedir licença; que automaticamente solta, quando o parceiro quer terminar o aperto de mão ou o abraço; que tem o reflexo de tirar rapidamente o braço ou a perna da trajetória do movimento que o companheiro mal cogitou em fazer.

Essas pessoas têm o potencial para executar magistralmente os movimentos de Yôga, Dança, Artes Marciais ou de Esportes e guiam melhor seus automóveis do que os demais simples mortais. Raramente sofrem acidentes. Na rua ou em casa não esbarram nos outros. Raramente tropeçam nas pernas das pessoas que estão sentadas. Dificilmente pisam alguém e, quando pisam, conseguem controlar o peso no meio da pisada e ela se torna leve. Quando um objeto se lhes escapa das mãos, não raro, é apanhado ainda no ar.

Se você não é assim, treine para ser. Isso pode salvar a sua vida e, com certeza, salvará o seu casamento.

1 – BLOQUEAR

Não bloqueie a passagem. Quando seu colega de trabalho ou cônjuge quiser passar, saia da frente antes que ele precise reduzir a marcha para não o atropelar ou, pior, tenha que parar e pedir que você o deixe passar. Mesmo que você esteja de costas, com um pouco de treino poderá perceber quando alguém quer passagem. Seja gentil e segure a porta do elevador, do banco ou do metrô para a pessoa que vem atrás entrar ou sair. Seja elegante e desfrute do prazer de proporcionar essa cortesia.

2 – RESTRINGIR

Não é só com o corpo que se impedem os movimentos de uma pessoa, mas também com a palavra. Quando alguém se vira para sair de um aposento e outro o chama para falar alguma coisa, está restringindo, impedindo a movimentação do primeiro. Não está deixando que ele se dirija livremente para onde estava indo. Claro que isso ocorrendo vez por outra não gera nenhuma irritação naquele que foi chamado. No entanto, quando isso se repete, em casa ou no trabalho, vai criando um estado de neurose subjacente e indetectável, até que explode como reação irracional e histérica, que os circunstantes não vão compreender. Portanto, evite chamar uma pessoa quando ela está saindo ou dirigindo-se a algum lugar ou intentando fazer alguma coisa. Seja polido. Antes de chamá-la, preste atenção. Veja se é oportuno. Se não for, espere.

3 – INTERFERIR

Uma forma comum de interferir é falar com uma pessoa quando outra está falando. Ou perguntar alguma coisa quando a pessoa está ao telefone. Dá vontade de perguntar: "Você é doido ou é só mal-educado? Será que não pode esperar um pouco?"

4 – INTERROMPER

Uma das maiores violências em termos de espaço vital é interromper quem está fazendo seja lá o que for. Se estiver falando, não interrompa. Se estiver lendo, não interrompa. Se estiver escrevendo, muito menos. Até para a vulgar televisão deve-se aplicar este cuidado. Já imaginou, você super envolvido no desenrolar de uma cena crucial de um filme, ou numa informação preciosa, e o amigo ou apêndice conjugal interromper para perguntar qualquer coisa? Pior: ele pode repetir a dose e perguntar uma segunda vez, uma terceira, uma quinquagésima... Porque o vício de perguntar é um saco sem fundo!

5 – INVADIR

A forma mais comum e indesejável de invadir a privacidade é entrar no aposento em que o outro está. É evidente que a gente precisa entrar, mas isso não descaracteriza a sensação de invasão de território percebida pelo lado animal do ser humano, em seus setores mais instintivos, logo, colocando o invadido na defensiva. A educação faz com que as pessoas finjam, através do consciente, que não estão ligando. Entretanto, o inconsciente liga.

Assim sendo, evite veementemente entrar na sala de trabalho do colega; ou no banheiro quando o cônjuge está lá. Tomar banho junto é uma delícia. Porém, não sempre, senão banaliza e perde a graça.

6 – SOLICITAR

Pare de pedir ou de perguntar coisas ao seu amigo, ao seu colega, ao seu chefe. Gostaria muito de declarar que a recíproca é verdadeira, mas infelizmente, não é. O chefe, por exemplo, tem que solicitar o funcionário; o pai tem que educar o filho; e o instrutor, o aluno. Desde que o façam com moderação.

7 – CERCEAR

Campeões de cerceamento são os cônjuges, os namorados e familiares em geral.

"Aonde você vai?"

"A que horas vai voltar?"

"Aonde você foi?"

"Com quem você estava?"

"Está pensando que esta casa é um hotel?"

"Ou rompe a amizade com essa pessoa, ou pode ir arrumando outro lugar para morar."

"Se você insistir com essas idéias malucas não precisa voltar para casa."

"Eu te proíbo de ir a esse lugar."

Sei que você poderia acrescentar mais uma centena de exemplos de frases usadas pelos familiares para cercear a sua liberdade ou que você mesmo usa para cercear a dos seus filhos, esposa ou marido. Por que pautar o relacionamento em antipatia, cobrança, exigência e repressão? Por que transformar o casamento ou a família em uma prisão com requintes de tortura psicológica?

8 – SUFOCAR

Sufocar é impor a sua presença física ou por telefone, ligando muitas vezes para o amigo, o namorado, o cônjuge ou até para o fornecedor. Sufocar é um dos cônjuges ou namorados querer viajar sozinho ou sair com os amigos e o outro melindrar-se. Sufocar é não dar um tempo nem para o infeliz ir ao toalete em paz, sem ser interrompido por alguma solicitação ou pergunta gritada através da porta do banheiro.

AO ESCREVER CARTAS E E-MAILS

Manda a boa educação que as cartas sejam curtas, limpas, isto é, sem correções ou rasuras, com papel excelente, bem dobradas e, acima de tudo, digitadas. Na Europa, em alguns países, é considerada demonstração de apreço escrever a carta a mão. Contudo, mesmo aos nossos irmãos europeus, fica o apelo: digite o texto, pois torna-o muito mais legível do que se ele for manuscrito. Nesse caso, você pode concluir com a última linha, das despedidas, manuscrita. Tirando o fechamento, todo o restante do texto deve ser digitado.

Não se esqueça de assinar. No século XXI começou a grassar uma praga de enviar cartas sem assinatura. Deve ser efeito colateral do uso indiscriminado dos computadores[4].

---

4 Por falar em manias do século XXI, mencionemos o cacoete do "zero à esquerda". Na data, assim como em qualquer outro número, lembre-se de que zero à esquerda não tem valor. Portanto, nada de escrever 01, 02, 03 etc. Isso é cafona. Se você escrever dia 03, vou querer escrever que no dia 018 de fevereiro de 02014 fiz 070 anos. A desculpa esfarrapada de que o zero à esquerda é para evitar confusão não convence ninguém. Uma placa com a informação "portão 03" é claramente mais confusa do que "portão 3". E todas as vezes em que alguém colocar o zero à esquerda deveríamos ler em voz alta: "Dia zero três, na sala zero quatro às zero duas horas", só para fazer gracinha!

Mas, manda a educação, cartas devem ser assinadas, ainda que com uma assinatura que você tenha digitalizado.

Tratando-se de um amigo que você não vê há muito tempo, é natural que se exceda no tamanho da carta. No entanto, não deve ultrapassar uma página. Ou o caro missivista com vocação para escritor pensa que o desditado-destinatário não tem mais o que fazer e pode dedicar um tempo infindável para ler a sua epístola testamentosa?

Não sou a única pessoa ocupada no planeta. Assim como os demais, tenho um monte de cartas sobre a mesa e e-mails esperando sua vez. As cartas grandes vão para baixo da pilha. As escritas a mão vão para baixo dessas. É justo, afinal, o tempo que levo para ler uma carta grande ou manuscrita dá para responder umas cinco cartas pequenas.

Eu gosto de usar o velho e bom Facebook para trabalhar, bem como para manter comunicação com meus colegas e amigos. Aplica-se a mesma regra. Algumas pessoas se esquecem de que tenho milhares de pessoas me enviando correspondência pelo Face e postam mensagens quilométricas. E ainda ficam decepcionadas se eu não consigo tempo hábil para lê-las!

Não é direito que sacrifiquemos cinco pessoas conscienciosas para dar atenção a uma que não facilita a vida dos outros.

Preceito moderador:

Isso não significa que você deva abster-se de escrever. Pelo contrário. Quanto mais civilizada e culta é a pessoa, mais ela escreve para os amigos e para todo o mundo. Como professor e escritor, tenho uma indescritível satisfação quando meus alunos ou leitores me escrevem. Embora, às vezes, não consiga responder[5], leio todas as cartas e me deleito com a maioria delas.

Hoje, disponho das redes sociais que me permitem receber e responder instantaneamente a todos quantos desejam comunicar-se comigo. São as benesses da tecnologia. E ainda há quem diga que antigamente o mundo era melhor... Já imaginou o mundo sem internet, sem computador, sem pendrive de alguns terabytes, sem copiadora, sem scanner, sem impressora pessoal, sem iPhone, sem câmera digital, sem DVD, sem ar condicionado nos automóveis?

---

5 Se você receber uma carta minha com aparência de manuscrita, saiba que não é. Trata-se da fonte *DeRose handwriting* que criei com a ajuda do meu amigo Daniel Cambria (o blogmaster) especialmente para dar essa impressão personalizada. Mas note que ela é extremamente legível, pois usei letras de forma. Foi essa fonte que utilizei na página 9 deste livro.

CIÚME

O ciúme nada mais é do que a soberba ignorância dos princípios de espaço vital e, na mesma proporção, constitui uma grosseiríssima falta de educação para com o parceiro, bem como para com todos quantos sejam vitimados por presenciar a cena, ainda que ela seja apenas uma cara feia. Isso, sem falar nos amigos ou amigas que acabam envolvidos na ridícula ceninha de novela.

Se você quer azedar seu relacionamento afetivo, a receita é infalível. Seja ciumento(a). Ou o relacionamento deteriora e vai cada um para o seu lado, ou acabarão sendo protagonistas das manchetes policiais.

Ciúme é uma truculência psicológica sem desculpa. Ciúme não é causado pelo amor ao outro e sim por amor-próprio, *amor-a-si-próprio*.

Se sua mulher é ciumenta, meus pêsames. Se seu marido é ciumento, considere nossa amizade rompida. Se você é ciumento(a), vá fazer uma psicoterapia, que ninguém tem culpa das suas inseguranças psicológicas.

Vídeo: derose.co/boasmaneiras7

Vídeo: derose.co/boasmaneiras8

O CASAL QUE SE FECHA EM COPAS

Uma consequência de tudo o que expus nos tópicos anteriores é o fato mais ou menos comum da célula conjugal que se isola dos demais, como que a declarar ao mundo:

— Nós nos bastamos. Não precisamos de ninguém.

É a atitude típica do casalzinho recém-casado, apaixonado. Mas aí, compreende-se. Estão na fase da paixão. Só que se não curarem rápido essa ressaca, vão ficar não apenas isolados, mas antipatizados. E quando precisarem de alguém, é possível que olhem em volta e não encontrem ninguém.

Portanto, vamos moderar a possessividade e cultivar a civilidade. Quando o casal estiver visitando ou sendo visitado, viajando ou participando de alguma atividade social, que cada cônjuge se ocupe prazerosamente de dar atenção a todas as pessoas que os cercarem.

E isso inclui literalmente todas as pessoas, independentemente de etnia, idade ou classe socioeconômica.

Quando os outros se forem vocês poderão voltar a dar atenção um ao outro. Enquanto em público, essa atenção tem que ser discreta. Um olhar carinhoso pode ser muito mais efetivo do que permanecerem fisicamente juntos.

DEMONSTRAÇÕES PÚBLICAS DE AFETO

Bem, se for apenas afeto, é lindo. Uma experiência emocionante é presenciar um casal carinhoso. Mas quando passa disso, os outros à sua volta começam a se sentir desconfortáveis. Ou por sentir que estão atrapalhando o *love* dos apaixonados pombinhos, ou porque dá vontade de entrar na festa. Afinal, essas coisas são contagiantes.

Assistir a uma cena explícita de longos beijos e amassos mexe com os nossos hormônios e a coisa fica feia. Se você é adepto de efusivas manifestações públicas de paixonite não reclame se os outros ficarem com água na boca e acabarem cortejando seu/sua cara-metade.

Se nós, que somos de uma cultura carinhosa e descontraída, sentimo-nos assim, imagine uma pessoa comum ou uma de tendência comportamental restritiva.

Evidentemente, esta é a nossa visão da coisa, pois somos expansivos e a primeira coisa que fazemos ao ser apresentados à esposa do amigo é dar-lhe um beijo na face. Se você fizer isso em países mais conservadores, não nos responsabilizamos pelas consequências.

Por medida de segurança não use nem aperto de mão. Aliás, jamais estenda a mão primeiro. Manda a etiqueta que a senhora tenha o privilégio de estender a mão àquele a quem queira cumprimentar dessa forma.

No Oriente em geral, se for homem, não toque em nenhuma senhora, nem para cumprimentar. Não olhe insistentemente. Evite ficar num mesmo ambiente da casa sozinho com uma senhora, a menos que seja bem idosa.

Se tratar-se de mulher ocidental em país hindu ou islâmico, não toque nos homens sob nenhum pretexto e não converse com eles usando muita descontração, não sorria demais, não olhe demais nos olhos, evite cabelos soltos. Jamais use roupa que mostre os joelhos. Essas atitudes são muito mal inter-pretadas.

No código de comportamento deles, a ocidental que agir em desacordo com estas normas estará sinalizando que é mulher fácil. Se você agir errado, aguente firme a reação que vier em seguida. E não os culpe, afinal, há mais de dois mil anos repete-se a lição áurea para os viajores: "Em Roma, como[6] os romanos."

---

6 Conjunção, não verbo!

Sexo com sensibilidade

As boas maneiras no sexo são impensáveis para muita gente: "Ficaria sem graça", argumentam. "Imagine eu perguntando se minha mulher me concede a honra de um intercurso sexual! Quando eu terminasse os salamaleques ela estaria dormindo ou rolando de rir."

Acontece que boas maneiras não querem dizer afetação. O primeiro livro de etiqueta sexual foi escrito na Índia e fez tanto sucesso que é um dos mais publicados e lidos no mundo depois da Bíblia. Seu nome? Kama Sútra. Sim, senhor. O Kama Sútra não é uma obra de erotismo e sim de etiqueta, encomendada pelo rei ao sábio Vatsyayana para educar seus filhos.

O amor é onde as pessoas se soltam e se mostram como realmente são. Que melhor momento haveria para demonstrar *politesse*? É na cama que muita gente se trai e confessa suas origens. Podem ser damas e cavalheiros na vertical, mas na horizontal são pouco mais que cãezinhos ou cavalinhos.

De certa forma isso é compreensível, mas não sei se perdoável. Compreensível, pois a primeira experiência sexual da maioria dos homens é realizada com mulheres grosseiras, geralmente profissionais. É anedótica a imagem tradicional do adolescente atemorizado ante uma meretriz sarcástica, com um cigarro numa das mãos, que lhe dirige gracejos de mau-gosto sobre seu pênis, sobre se ele vai conseguir fazer alguma coisa com aquilo, se está com medo... E, depois, que ande rápido, que acabe logo, pois tem outro cliente esperando.

É frequente que para tomar coragem o jovem tenha bebido para conseguir suportar uma experiência tão degradante quanto destituída de prazer.

Como você acha que ficou o psiquismo dessa criança, induzida a semelhante trauma pelos colegas ou pelo próprio pai?

— Já está na hora de virar homem, meu filho. Toma aí uns trocados e vá para um bordel antes que vire gay.

Acredite: ainda é assim.

Mal sabe o pai que é justamente essa primeira experiência desastrosa que poderá afastá-lo para sempre das mulheres, levando-o a optar pelo homossexualismo, ou tornando-o um potencial serial killer. Por que você pensa que há tantos assassinos de prostitutas, dos quais Jack, o Estripador é o representante mais ilustre?

Depois, o jovem, se não desistiu das mulheres, acabou por embrutecer-se para poder conviver com esse tipo de sexualidade e com aquela malta de amigos. Mais tarde será ele, embrutecido, que por sua vez proporcionará a primeira experiência sexual da namorada ou esposa. O que é que se pode esperar dele? E dela?

Ela se tornará por um lado decepcionada, frustrada, e por outro lado, semelhante a ele que lhe ensinou tudo.

Pessoalmente, posso perceber muito bem esse panorama desolador uma vez que tive a ventura de ser iniciado na sexualidade de forma diferente. Éramos jovens, estávamos apaixonados e fora a primeira vez dos dois. Pudemos descobrir e aprender um com o outro, com carinho e sensibilidade.

Por isso, quando os companheiros de escola teciam comentários sobre suas vivências sexuais, eu ia estabelecendo paralelos entre o que eles faziam, diziam, sentiam, e o que minha parceirinha e eu experimentávamos. E não havia termos de comparação. Eram dois universos completamente diferentes. Não se podia chamar as duas coisas pelo mesmo nome. Se o que eles faziam era sexo, o que nós fazíamos era outra coisa bem diferente e sublime. Havia carinho, amor, respeito, consideração... numa palavra: havia boas maneiras!

É isso. Boas maneiras no sexo não é seguir padrões ou normas que aniquilem a espontaneidade e matem o desejo. Pelo contrário, boas maneiras no sexo consistem exatamente em permitir que nossa natureza se manifeste da forma mais espontânea, eliminando justamente os condicionamentos regis-trados por relacionamentos grosseiros anteriores.

Alguns homens entendem o sexo como mera necessidade fisiológica e usam a mulher como uma retrete onde descarregam sua excreção.

Na **Nossa Cultura**, aprendemos a reverenciar a mulher como uma divindade feita carne. A uma divindade, cultua-se e adora-se. No templo do seu leito, ela deve receber um carinho reverente. Ela é sua deusa ali presente para abençoá-lo com a mais profunda de todas as bênçãos. Ela vai lhe proporcionar o maior de todos os prazeres e, ainda, vai impulsioná-lo evolutivamente, vai despertar o seu poder e conduzi-lo ao sucesso na vida, saúde, felicidade, bem como ao estado de graça!

Por isso, a relação sexual é como um ritual diário que deve ser oficiado sem pressa e com bastante sentimento. Faz parte da educação não montar na mulher sem olhar nos seus olhos, como se fossem dois animais no cio, e sim iniciarem o processo com mútua contemplação e adoração, com palavras doces e carícias plenas de afeto. Sem dispersão, sem agressividade, sem indiferença, sem transmitir a impressão de que aquilo pode estar sendo uma obrigação. Você pensa que isso não acontece? Que algumas pessoas não o cumprem como uma "obrigação" conjugal? Pois saiba que é a reclamação da maioria das esposas com mais de um ano de casadas. E dos maridos também.

Acrescente-se que a palavra tem um poder extraordinário para detonar o paiol de explosivos que ambos possuem no ventre. Muitos casais cruzam em silêncio, sem dizer uma palavra! Será que não estão sentindo nada que valha a pena compartilhar?

Muita gente mantém um silêncio sepulcral quando faz amor. Geralmente são os mais jovens, que ainda não se sentem à vontade. É como o motorista novo que não domina bem a arte de guiar e pede que não conversem com ele enquanto está conduzindo o veículo. Ou como o iniciante em dança de salão, que não consegue conversar enquanto dança, pois se não se concentrar, perde o passo.

Ter um contato sexual em silêncio fica tão patético quanto dançar sem conversar com o parceiro. É claro que há assuntos apropriados para cada momento. Você não vai conversar sobre o mercado de ações enquanto transa com alguém. Mas trocar umas palavras de amor e explorar as fantasias que todos temos, é indispensável.

E as fantasias... O ser humano se distingue do animal irracional porque fantasia, porque sonha, porque idealiza. Por esse motivo as fantasias (não só as sexuais), são mais poderosas enquanto mantidas como fantasias. Quando realizadas, muitas vezes quebra-se o encanto.

A maior parte das fantasias necessita de palavras para que tomem forma e produzam a potencialização do desejo. Não explorar esse terreno é ser reprimido.

O contato sexual não deve ser realizado com pressa. Se não há tempo, deixe para uma ocasião mais apropriada. Não tenha por objetivo o orgasmo e sim o prolongamento do prazer por algumas horas.

A boa educação recomenda a depilação pubiana radical da mulher e, se possível, também do homem. Se a praticante ou o seu parceiro não se sentir à vontade, a depilação pode ser parcial, reduzindo a área e o comprimento dos pelos. Lembre-se de que tudo é uma questão cultural, o que equivale dizer, de hábito. Haveria coisa mais incômoda e anti-natural que um homem depilar seu rosto todos os dias? Não obstante, a maioria assim o faz, conquanto prefira o verbo "barbear"...

Devem-se evitar atitudes grosseiras. O amor precisa ser uma obra de arte, de poesia e estética. Muito carinho é a lei.

Tratando-se de pessoa solteira ou descasada, eleja muito bem o parceiro. Relacione-se com alguém que seja praticante identificado com os seus valores. Comungar com pessoas que se encontrem em nível menos evoluído, retarda o seu progresso e anula muitos dos seus esforços.

Finalmente, uma recomendação de conotação contemporânea: hoje é de profundo mau-gosto e falta de educação, ter relações sexuais sem preservativo. Usando-o, além de estar preservando a saúde do parceiro e a sua própria, estará garantindo que uma gravidez só ocorrerá voluntariamente e jamais motivada pela irresponsabilidade de ambos.

Além de evitar a gravidez, o preservativo previne contra a transmissão de herpes, blenorragia, sífilis, cândida, pólipos, e um sem número de outras inconveniências geniturinárias.

Uma conclusão para chocar: quem não usa cinto de segurança no seu carro (inclusive no assento de trás) tem um milhão por cento a mais de probabilidades de contrair AIDS. É que quem não usa cinto de segurança também não usa camisinha. Acha que as coisas só acontecem com os outros...

Hoje faz parte das boas maneiras usar preservativo sempre.

Assoar o Nariz, Palitar, Eructar.

É claro que estas, como muitas outras recomendações, são perfeitamente dispensáveis aos mais educados. Mas não custa relembrar o óbvio, pois sempre tem aquele...

Assoar o nariz, só no banheiro. Em qualquer lugar você encontra um lavabo para lhe salvar. Usar o lenço para assoar o nariz é uma falta de higiene só admissível em casos desesperadores. Fazê-lo na frente de alguém é uma barbárie imperdoável. Se for inevitável como, por exemplo, num estado gripal, desmanche-se em desculpas. À mesa, com os outros almoçando, antes, suicide-se.

Em sala de prática do DeROSE Method, alguns respiratórios exigem que as narinas estejam bem desobstruídas. O ideal é que o praticante, antes da aula, passe pelo banheiro e higienize as vias respiratórias, fazendo o mínimo possível de ruído (é possível, sim senhor!). Depois, muita atenção para o estado em que você deixou a cuba da pia (atenção, Portugueses: o termo *pia*, no Brasil, designa o lugar onde lavam-se as mãos.). Caso no meio dos exercícios precise assoar mais uma vez, pode usar o lenço, desde que discretamente e, como sempre, fazendo o menor ruído que puder. Se for lencinho de papel, seja civilizado e não largue o produto da sua excreção no chão. Leve-o até a lata de lixo mais próxima.

Palitar os dentes, vamos deixar para os bicheiros.

Em boa parte dos países orientais a eructação não constitui grosseria. Mas nós não estamos lá, estamos?

ESPIRRAR, BOCEJAR, ESPREGUIÇAR.

Em público, podendo evitar um espirro, evite. É fácil: pare de respirar, feche os olhos e pressione a língua contra o palato com força. Será bem melhor do que produzir um estrondo, espalhar bactérias e, às vezes, sofrer vexame com algum projétil muco-balístico.

Bocejar de boca fechada, contraindo fortemente a musculatura dos maxilares é bem mais educado do que escancarar a bocarra diante da pessoa que está conversando com você.

Já os espreguiçamentos, procure cultivá-los, contraindo a musculatura, estendendo-se, alongando-se e tracionando a coluna sempre que for possível. Contudo, jamais em público. Seja discreto...

CHINELOS

Chinelo: calçado [...] destinado a ser usado **em casa**.
Dicionário Houaiss (o grifo é nosso.)

Por chinelos, entenda-se aqui aquele calçado que é sustentado precariamente apenas sobre a parte dianteira do pé, o que obriga seu portador a produzir um ruído típico de arrastar a sola no chão ou de batê-la de volta no calcanhar. Não confundir com a sandália[7], calçado que fica um pouco mais atado ao pé. É o caso das sandálias Havaianas, e outras, em que as tiras percorrem boa parte da extensão dos pés, permitindo melhor aderência do calçado.

---

7 No Brasil, presencio, seguidamente, as pessoas chamarem as sandálias Havaianas de chinelos. Certa vez, fazendo compras, disse ao vendedor: "Quero aquelas sandálias que estão na vitrine." Mas o coitado não conseguia encontrá-las. Então apontei-as. Para minha surpresa ele contestou: "Ah! Aqueles chinelos?" Tive que corrigi-lo: "Meu amigo, eu não uso chinelos. Por acaso o nome do produto, que está escrito na caixa, é chinelos Havaianos? Ou sandálias Havaianas?"

Por seu baixo preço e sua facilidade de descalçar, o chinelo tornou-se o calçado padrão para toda uma legião de trabalhadores humildes e, por isso mesmo, passou a ser evitado pelas classes mais altas.

As pessoas são aquilo que fazem. São aquilo que comem, aquilo que leem, aquilo que falam, aquilo que vestem. O lado de fora não é mera futilidade: é o reflexo do que vai por dentro. Ao identificar-se com um segmento gregário você passa a manifestar seu potencial em termos de inconsciente coletivo. Isso é o que chamamos egrégora.

Se você é uma pessoa de bom-gosto, considere a possibilidade de não usar chinelos nem na privacidade do seu lar. Não custa substituí-los, no verão, por sandálias, tão mais estéticas.

Agora, não adianta nada usar sandálias com o reflexo condicionado do chinelo, arrastando-as no chão e batendo as solas nos calcanhares!

Só tem uma coisa pior do que usar chinelos: é pisar sobre a parte traseira do seu sapato para transformá-lo num chinelo improvisado. Por favor, não faça isso!

Lembro-me de que quando era criança jamais vi qualquer pessoa da minha família calçando chinelos. No aconchego do lar, utilizávamos "sapatos de andar em casa", mais confortáveis, porém, sempre sapatos e sempre apresentáveis. Afinal, por que é que só devemos fazer-nos bonitos ou educados para os de fora? Os da família não merecem essa consideração?

Usar chinelos é uma questão cultural. Não é falta de dinheiro, nem é o calor que impõe tal hábito. No Oeste dos Estados Unidos, com seus desertos escaldantes, é tão quente ou mais do que o México, Peru, Bolívia, Brasil e outras terras tropicais. No entanto, nunca vi *cowboy* de chinelos[8]. *Cowboy* é vaqueiro. Vaqueiro não é rico. Então, como se explica que o vaqueiro estadunidense não use chinelos, mas seus vizinhos do México, usem? Mais: as terras que hoje pertencem ao Texas eram do México. Ficaram menos quentes depois de ser anexadas aos Estados Unidos e por isso seus habitantes pararam de usar chinelos e passaram a usar botas?

Para ter uma ideia do quanto a opinião pública considera depreciativo o uso de chinelos, basta lembrar-nos do dito "fulano é um pé-de-chinelo", significando que trata-se de um joão-ninguém. Chineleiro, é pessoa reles, vulgar. Chinelão, pessoa de baixa extração, segundo o *Dicionário Houaiss*. No Rio Grande do Sul, usa-se o regionalismo "chinelagem" para designar atitude de baixo nível.

Conclusão: não use chinelos, nem morto.

---

8 Na verdade vi, sim, uma vez. Estava eu viajando por Chapecó, que também fica no Oeste – de Santa Catarina –, quando me deparei com um *cowboy*, pilchado, com laço e chapéu de vaqueiro, só que... de chinelos! Imagine essa cena num filme de Hollywood com o *cowboy* John Wayne de chinelos! Impensável!

TIRAR OS SAPATOS

Tirar os sapatos nas viagens de avião ou de ônibus, além de demolir sua boa imagem, pode causar um desconforto olfativo federal aos demais passageiros.

Da mesma forma, está fora de cogitação tirar os sapatos à mesa de trabalho, ou deixá-los meio caídos, pendurados pela parte dianteira como chinelos, no bom estilo periferia. A única exceção concebível para alguém tirar os sapatos em local de trabalho ou em um restaurante, seria a de colocar as pernas em "ásana", sobre a cadeira, pois, aí, poderia ser considerada uma excentricidade sua. Mas não recomendamos, veementemente!

VESTUÁRIO E APARÊNCIA PESSOAL

Alguns adeptos de determinadas correntes espiritualistas alimentam a ilusão de que o lado de dentro é o único que importa e que a imagem não tem nenhum valor. Assim sendo, defendem que as pessoas não devem cultivar uma boa aparência pessoal, não devem vestir-se bem ou cuidar dos cabelos, pois isso seria apenas uma demonstração de vaidade, manifestação do ego. Esse raciocínio é um sofisma, já que o lado de fora reflete inevitavelmente o que vai por dentro.

No fundo, tal opinião denota uma personalidade desajustada, que rejeita as convenções do mundo em que vivemos. Constata-se a veracidade disso ao observarmos pessoas com distúrbios psiquiátricos. Uma das maneiras mais simples de identificar esses indivíduos é pela forma exótica de se vestir ou pelos cabelos em maior ou menor desajuste em relação à época e lugar em que vivem. O simples desalinho de cabelos e/ou de roupas já pode permitir um pré-diagnóstico a um psiquiatra experiente.

A respeito da relação entre o conteúdo e a forma, podemos acrescentar que até pode-se encontrar um produto de qualidade inferior dentro de uma embalagem bonita, enganosa. Mas dificilmente se encontrará um produto bom em uma embalagem inferior. O produto bom utilizará uma embalagem discreta, elegante, com cores e formas de bom gosto e elaborada com material de boa procedência. Assim são também os seres humanos.

Manifestações exteriores, como o nível da linguagem, a decoração das nossas casas, o cuidado com os impressos, a aparência pessoal são apenas uma questão de respeito, consideração e carinho para com as pessoas que venham a travar contato conosco.

Portanto, aí vai uma recomendação aos que não ligam muito para sua aparência física: mande instalar vários espelhos grandes em diversos pontos da sua casa e habitue-se a prestar atenção aos detalhes de todas as coisas: sua caligrafia, o papel que escolheu para escrever um lembrete, a forma como recolocou algo em uma gaveta, a maneira de sentar-se ou de segurar um objeto. Preste atenção. Importe-se com os detalhes!

Vídeo: derose.co/boasmaneiras14

Vídeo: derose.co/boasmaneiras15

FALAR ERRADO

Falar ou escrever com erros é uma das maiores demonstrações de que o indivíduo em questão não recebeu uma boa educação.

Tenho acompanhado o fenômeno da evolução da nossa língua durante estas últimas décadas com perplexidade e apreensão. Muito em breve não estaremos mais falando português e sim algum dialeto esdrúxulo. Até quando poderemos declarar, com orgulho, que falamos uma língua vagamente aparentada com a de Camões, a melhor língua literária do mundo?

Os erros que se seguem denotam origens humildes e são sinalizadores de baixa cultura, mesmo se quem os aplicar for portador de diploma universitário, como vem ocorrendo cada vez com maior frequência. E neste caso, é ainda mais grave!

NÃO DIGA:	DIGA:
Um *desse*, um *daquele*.	Um desse**s**, um daquele**s**.
Um óculos, *meu* óculos.	Un**s** óculos, meu**s** óculos.
Quer que eu *faço*?	Quer que eu faç**a**?
Quer que eu *vou*?	Quer que eu **vá**?
Como é que você chama?	Como é que você **se** chama?
Que nem.	Como.
Eu vou *vim*. Ele vai *vim*.	Eu virei, eu venho. Ele vem, ele virá.
Se você *ver*.	Se você vir.
Se você *manter*.	Se você mantiver.
Se você *compor*.	Se você compuser.
Antes de ontem.	Anteontem.
Onti-onti.	Anteontem.
Duzentas gramas.	Duzent**os** gramas.
Dou aula *de* terças e quintas.	Dou aulas **às** terças e quintas.
Ele falou *assim que* não vai poder.	Ele falou que não vai poder.
	Ele falou assim: "não vou poder".
Se caso ele não puder.	Se ele não puder.
	Caso ele não possa.
Provavelmente ele não possa.	Provavelmente ele não vai poder.
	É provável que ele não possa.
Por *causa* que...	Porque...
Estou *meia* cansada.	Estou mei**o** cansada.
Menas coisas.	**Menos** coisas.
Já *são* uma hora.	Já **é** uma hora.
Já é meio dia e *meio*.	Já é meio dia e **meia.**
Faço assim, igual: quando sair eu aviso.	Faço assim: quando sair eu aviso.
Igual: sábado eu falei corretamente.	*Por exemplo*: sábado eu falei...
Igual ontem, igual eu.	Como ontem, como eu.
Sub**z**ídio. (Com som de **z**.)	Sub**s**ídio. (Com som de **s**.)
M**ô**lho de chaves. (Só se puser as chaves de molho).	M**ó**lho de chaves (sem acento, mas com o **o** aberto).

Deitar de *costa*.	Deitar de costa**s**.
Eu *truce*.	Eu trouxe.
Entre 4 *a* 6 dias.	Entre 4 **e** 6 dias.
Trabalho tanto *como* ele.	Trabalho tanto **quanto** ele.
Muitas *das* vezes.	Muitas vezes.
Ora**s** bolas.	Ora bolas.
Fulano é *píssico*.	(*Alucinação idiomática*).
Os *guarani*.	Os guarani**s**.
Posso ganhar cinco *escort*.	Posso ganhar cinco escort**s**.
Os *Silva*, os *Pereira*	Os Silva**s**, os Pereira**s**.
Comprei *uma* Mercedes. (Só se você comprou uma mulher)	Comprei **um** Mercedes (**um** carro, **um** automóvel Mercedes).
Dois *mega*, dois *giga*, dois *tera*.	Dois mega**s**, dois giga**s**, dois tera**s**.
CD-Rúm (aí seria CD room !!!).	CD-ROM (pronuncie **rom**, com **o**).
Metereológico.	Meteorológico.
Com nós.	Conosco.
A gente vai.	Nós vamos.
Para *mim* fazer. ("Mim, Tarzan.")	Para **eu** fazer.
A maioria das pessoas *fizeram*.	A maioria das pessoas **fez**.
Própio.	Próprio.
Poblema, pobrema, ploblema.	Problema.
Adevogado, Pissicólogo.	Advogado, Psicólogo.
Largatixa, largato, iorgute.	Lagartixa, lagarto, iogurte.
Foi uma situação *onde*...	Foi uma situação **na qual**... (onde, só lugar físico.)

Para quem fala bem o português, uma palavra errada, uma dicção viciosa, uma concordância mal feita por parte do interlocutor são atitudes que causam má impressão. Se quem fala é um professor, mais grave ainda, pois precisa expressar-se de forma compreensível por tratar-se de pessoa que vai à frente do público para instruí-lo!

Ademais, somos especializados em público de nível superior. Já imaginou o desconforto que causaria a um cliente culto ter que aprender algo de um profissional que não sabe nem falar corretamente a própria língua?

Eu mesmo já abandonei cursos de informática, de anatomia, de dança e de outras disciplinas porque era insuportável receber em minha mente os sucessivos insultos à cultura perpetrados pelos semi-analfabetos que pretendiam receber o meu dinheiro para ensinar-me alguma daquelas matérias.

Um vício recente e que se espalhou como fogo em gasolina é o mau hábito de a imprensa e os tradutores de filmes não observarem a concordância de gênero e de número. Ocorrem erros de supressão do plural em construções simples como "o filme ganhou onze Oscar", mesmo quando o texto original dizia "eleven Oscar<u>s</u>". Ou o título do filme *The Morgan<u>s</u>*, que foi traduzido como *Os Morgan*.

Você acha que só quem fala assim é a sua auxiliar de limpeza doméstica? Então, preste atenção quando seus amigos falarem. Vai identificar muitas destas gralhas no falar da maior parte deles. A partir daí, por autocrítica, considere a possibilidade de você, que é amigo daquelas pessoas, estar cometendo escorregadelas similares. E passe a prestar atenção à sua locução.

Nota: A eliminação dos acentos no acordo ortográfico anterior a este último causou deterioramento da pronúncia em algumas palavras como, p. ex., **especificamente**, que as pessoas estão pronunciando *espê-cificamente* como se fosse derivada de *especial*. Mas a palavra deriva de *específico* e deve ser pronunciada "*especìficamente*". É interessante que esse radical *espec* (spectaculum, specialis) não foi bem metabolizado pela língua portuguesa contemporânea. Em Portugal o problema ocorre com a palavra *espetacular*, que é pronunciada "*espéta-cular*", como se proviesse de *espeto*. No entanto, ela deriva de *espetáculo*, logo, a pronúncia ideal seria "*espetácular*".

Vídeo: derose.co/boasmaneiras16

QUANTO À ESCRITA

Cuidado com o uso indevido de crase que atualmente se converteu numa endemia nacional[9]. Escrever "Portões 14 à 25" é um absurdo que só poderia ser encontrado num aviso de aeroporto de quarto mundo (já não está mais escrito assim: foi corrigido depois que este autor enviou uma cartinha à Infraero). Crase jamais ocorre se a palavra seguinte for masculina. Mesmo se for feminina, utilize-a com cuidado. Só pode ser aplicada se a palavra a que se refere, convertida ao gênero masculino, impuser o uso de *ao* (*à* é o feminino de *ao*). Ou se em espanhol se traduzir por *a la*.

---

9 Depois de muito pesquisar, descobri que o brasileiro aplica crase em profusão, onde não deveria, por influência do idioma francês, no qual o A sem acento grave é verbo. Esse vício de escrita ter-se-ia originado durante o Império, quando a língua oficial falada na corte aqui no Brasil era o francês, introduzido em 1829 pela Imperatriz Amélia de Leuchtenberg, segunda esposa de D. Pedro I.

A abreviação de professor é Prof. (Profo. seria para professoro!). Já viu alguém usar a abreviação Dro.?

"Fuja" do uso de "aspas" como o "diabo da cruz". Denota pouco domínio da "língua" escrita e é "cafona". Além do mais em alguns casos pode ser insultuoso como é o caso do sarcástico "bispo" Macedo, que a imprensa costumava usar para deixar claro que não reconhecia seu título de bispo. Já imaginou o que penso quando alguém escreve "De Rose"? Tal pessoa estaria insinuando que esse não é o meu nome verdadeiro? Que indelicadeza!

Recomendamos que todo professor, engenheiro, médico, jornalista, locutor de TV e político faça urgentemente um curso de português. Um começo excelente é estudar os livros de Luiz Antonio Sacconi e os de Pasquale Cipro Neto, assim como o livro *Saber escrever saber falar*, de Edite Estrela, Maria Almira Soares e Maria José Leitão.

FOTOGRAFIAS

Tratando-se de fotografia em grupo, respeite a hierarquia, observe o seu devido lugar. Só vá para a frente ou para o centro, se for convidado. Mesmo em família é de bom tom

respeitar essa norma.

No ambiente de trabalho, de família, de esporte, em qualquer lugar, ocuparão os lugares mais próximos da pessoa

mais graduada os mais antigos e/ou os que tiverem cargos mais elevados. Os recém-chegados ou menos participantes deverão posicionar-se proporcionalmente, de acordo com a sua hierarquia. É muito malvisto o papagaio de pirata, aquele que nas fotos sempre aparece por sobre o ombro da pessoa mais importante, embora não tenha intimidade ou mérito para tanto.

Quando se tratar de fotografias individuais junto a um escritor, junto a uma pessoa pública ou importante, evidentemente, a regra acima fica sem efeito, pois só se encontram os dois. Nesse caso, chega a constituir demonstração de carinho solicitar uma foto lado a lado.

Ao tirar fotografias, lembre-se de que as pessoas mais fotogênicas assim o são porque têm expressão no rosto e no corpo. Isso se adquire como a educação. Não se acanhe, faça alguma expressão interessante para a câmera (depois volte ao normal...). Imagine alguma situação hilariante, pois o sorriso valoriza a imagem. Por outro lado, aquele sorriso de cera para fotografias não convence ninguém. Explore a expressão corporal, mas evite as poses da moda, ou morrerá de vergonha quando olhar essa foto daqui a uns cinco anos. E, de preferência, peça que a fotografia seja tirada como instantâneo, sem ninguém ficar posando lado a lado, como se fora time de futebol.

ONDE SE SENTAR NOS EVENTOS

Nem muito na frente, nem muito atrás. Os assentos da frente costumam estar reservados para convidados especiais e/ou autoridades. É sempre mais confortável que alguém o convide para levantar e sentar-se mais à frente do que o contrário: que alguém peça para se levantar e sentar-se mais para trás.

Não faça misturança

Misturar sempre foi um verbo associado a pouca seriedade e nenhuma distinção. Quantas vezes você já ouviu comentários sobre uma pessoa, observando que ela se mistura muito? Ou sobre um profissional, declarando que ele mistura as coisas? Um jovem desportista me disse certa vez:

– Eu era aluno de Karatê do Fulano. Mas aí ele começou a misturar...

Um empresário aluno nosso me confidenciou que saiu de uma conhecida academia de ginástica porque "havia muita mistura".

A mesma frase foi usada por uma elegante senhora para justificar seu afastamento de uma outra entidade que trabalhava com yóga e também oferecia massagem, florais, dança do ventre e outros cursos.

– Não gosto de mistura – disse ela.

Note bem: nada contra cada uma dessas modalidades. O problema é a mescla.

O pai de um instrutor do DeRose Method, conversando conosco, aconselhou o filho e outras pessoas presentes:

– Façam um trabalho honesto e o público saberá valorizar. Não façam misturas. Misturar não é sério. Imagine uma papelaria que resolvesse vender presunto!

Eu diria mais: imagine você ir a um médico e descobrir que ele também lê mão. Tudo bem se você for a um quirologista e ele ler mão. É a sua profissão. Mas se o seu advogado o fizesse, a credibilidade dele despencaria.

Quanto menos misturar coisas, melhor. Quanto menos misturar alimentos, melhor será sua digestão e menos você engordará. Quanto menos misturar esportes, melhor será seu desempenho naquele ao qual você dedicar seu tempo. Quanto menos misturar bebidas, menos vexame e menos ressaca. A regra geral serve para tudo. Leia a esse respeito o capítulo sobre egrégora no nosso livro *Quando é Preciso Ser Forte*.

Certa vez eu estava na minha sala e escutei duas pessoas pedindo informações na recepção da nossa escola.

– Aqui vocês têm massagem?

A recepcionista respondeu que não, que somos especializados no DeROSE Method.

– E Astrologia?

A jovem repetiu a mesma resposta. Falaram sobre outros temas e mais adiante insistiram:

– E Tai-Chi? Não têm cursos de Tai-Chi?

Nesse ponto, levantei-me e fui lá fora para tentar esclarecer melhor que somos especializados e nossa maneira de trabalhar não encoraja a mescla das filosofias ou metodologias entre si. Mas, felizmente, não deu tempo. Quando fui me aproximando, uma delas disse:

– Ah! Que bom! Fico muito contente que vocês sejam sérios. A gente vê tanta mistura por aí que fica até ressabiada... você compreende, não é?

Por isso, selecione, escolha, filtre. Quando eleger um amigo, seja totalmente dedicado e não se imiscua com os desamigos dele. Seria uma grosseria. Há um ditado que diz: amigo de amigo meu é meu amigo. Mas existe um outro provérbio que complementa: inimigo do meu inimigo é meu amigo. Ambos fazem referência à seletividade.

Não misture Mestres. Quando escolher um Mestre de Capoeira, Karatê, Yôga, não cometa adultério com outro(s) Mestre(s).

Não misture livros. Ler tudo o que lhe caia às mãos só por tratar-se, supostamente, de outra filosofia, arte ou ciência que você presume correlata, é um comportamento imaturo.

Não seja uma pessoa leviana, inconstante nem dispersiva. Aprenda a ser seletivo e leal. Isso faz parte das boas maneiras.

FOFOCA?

NÃO ACREDITE. NÃO OUÇA. NÃO INCENTIVE.

Pessoas inteligentes falam de ideias.
Pessoas medíocres falam de acontecimentos.
Pessoas burras falam de outras pessoas.
Autor desconhecido

Em fofoca não se deve acreditar, nem nas mais ingênuas. Jamais encorajá-las. Lembre-se de que o fofoqueiro é um pombo-correio que leva e traz. O que ele estiver fofocando sobre o Beltrano ausente, provavelmente fofocará a seu respeito assim que você virar as costas. Corte habilmente o assunto ou retire-se sem muito alarde.

Lembre-se do nosso axioma nº. 1: **não acredite**. Esse é o nosso primeiro dispositivo para neutralizar fofocas.

O dispositivo nº. 2 é não passar adiante nenhuma observação que mencione o nome de alguém. Se o comentário tiver nome, morre ali.

O dispositivo n°. 3 é o acordo tácito entre nós de que quando alguém tiver algo a comentar, não mandará recado, mas sim falará diretamente com a pessoa interessada.

O dispositivo n°. 4 é a confiança e a certeza de que nosso amigo ou companheiro está cumprindo o dispositivo número 3, acima.

O dispositivo n°. 5 é o exercício usado na antiguidade e que chegou aos nossos tempos com o nome de "telefone sem fio", o qual consiste em formar-se um círculo de pessoas e passar uma frase à primeira, para que ela passe adiante e assim sucessivamente até que chegue ao último do círculo. As distorções são tão grandes e absurdas que nos fazem compreender como surgem os falsos rumores. E, ao mesmo tempo, vacinam as pessoas mais inteligentes para que não acreditem no que ouvirem, seja lá de quem vier a notícia, até das pessoas mais críveis.

Constate, você mesmo, o quanto as pessoas distorcem as informações dadas. Reúna alguns amigos, quanto mais gente, melhor. Conte uma história pequena, que contenha um nome, uma data e um fato. De preferência, com dados que não estejam de acordo com as informações que a pessoa tenha a respeito. Sussurre no ouvido do primeiro e peça que um passe ao outro da mesma forma. Quando chegar ao último, solicite que diga em voz alta o que chegou nele.

Aqui vai uma sugestão de texto: "Napoleão **Boaparte**, em **1960**, invadiu a **América** com dez mil **apaches**."

Você vai se assustar com o que vai ser transmitido pelo último do grupo. Portanto, se você ouviu dizer algo, através de terceiros, não perca o seu tempo acreditando em bobagens.

Por outro lado, a fofoca é uma energia poderosa que pode ser canalizada para fins construtivos. Aprendemos nas artes marciais do Oriente a não opor resistência direta ao ataque do inimigo, mas sim, aproveitar a força dele para levá-lo ao chão. Com a fofoca é a mesma coisa.

Para ilustrar, vou lhe contar uma história que me foi transmitida como fato real. Na Companhia do Quartel General da Primeira Região Militar, no Rio de Janeiro, o capitão teria se dirigido ao tenente e dito:

— Amanhã haverá eclipse do Sol, o que não acontece todos os dias. Mande formar a companhia às sete horas, em uniforme de instrução. Poderão, assim, todos, observar o fenômeno e na ocasião darei as explicações. Se chover, nada se poderá ver, e os homens formarão no alojamento, para a chamada.

O tenente ao sargento:

— Por ordem do capitão, haverá eclipse do Sol amanhã. O capitão dará as explicações às sete horas, com uniforme de instrução, o que não acontece todos os dias. Se chover não haverá chamada lá fora e o eclipse será no alojamento.

O sargento ao cabo:

— Amanhã, às sete horas, o capitão vai fazer um eclipse do Sol com uniforme de passeio. O capitão dará no alojamento as explicações, se não chover, o que não acontece todos os dias.

O cabo aos soldados:

— Amanhã, às sete horas, o capitão vai fazer um eclipse do Sol com uniforme de passeio e dará as explicações. Vocês deverão entrar formados no alojamento, o que não acontece todos os dias. Caso chova não haverá chamada.

Entre os soldados:

— O cabo disse que amanhã o Sol, em uniforme de passeio vai fazer eclipse para o capitão, que lhe pedirá explicações. A coisa é capaz de dar uma encrenca dessas que acontecem todos os dias. Deus queira que chova.

Como pessoa pública, fui alvo, a vida inteira, de maledicências inacreditáveis, arquitetadas pelos concorrentes por motivo de inveja das realizações importantes que tive o privilégio de protagonizar. Pois saiba que sempre tirei proveito dos disse-me-disses, transmutando-os em divulgação positiva.

Posso declarar que um número expressivo dos meus alunos me foram enviados pelos concorrentes que, ao tecerem algum comentário mal-intencionado, excitaram-lhes a curiosidade. Eles vieram para ver de perto e acabaram gostando do que viram!

Quando você escutar algum mexerico sobre uma pessoa amiga, um colega de trabalho, sua faculdade, seu professor, modalidade de treinamento, não tenha acanhamento de dizer em alto e bom tom:

"Que feio! Sua atitude me decepcionou. Sempre considerei você uma pessoa inteligente."

Se isso não for possível, parta para a gozação:

"O quê? Você está dizendo que o fulano fez isso? Se ele de fato o fez, subiu no meu conceito, pois agora sei que ele é um ser humano como eu."

IDENTIFIQUE E ISOLE O FOFOQUEIRO

O fofoqueiro contumaz é um doente, um mal educado e um neurótico. É muito fácil identificar a origem das maledicências. Sempre que alguém contar uma inverdade, ou fizer um comentário pérfido, fraudulento, sobre um fato originalmente verdadeiro, registre quem foi. Mesmo que essa pessoa declare que ouviu dizer, que a origem da estória não foi ela. Se o fato se repetir com a mesma pessoa, ela passa a ser considerada responsável pela origem dos rumores ou divulgadora deles, o que é igualmente grave.

Os quatro filtros

Antes de passar um comentário adiante, pense:

É verdade?

Tem certeza?

É útil?

Vai contribuir para fazer as pessoas mais felizes?

Se não satisfizer a cada um desses crivos, não passe o comentário para a frente. Fale sobre outra coisa. Que tal falar sobre ideias?

Como lidar com o disse-me-disse

Para lidar com o zum-zum-zum, sempre devemos ir para trás ao invés de ir para a frente. Explico: quando você escutar alguma coisa que cheire a boato, ou qualquer informação de que alguém disse ou fez algo que lhe faça infeliz, ou de que alguém disse algo de terceiros, ao invés de passar essa informação adiante, retroceda. Pergunte: quem lhe disse isso? Se o caluniador não quiser dizer quem foi, deduza que então foi ele mesmo que inventou. Caso ele diga quem foi, vá para trás e consulte essa pessoa. Muitas vezes, já no primeiro a quem você retroceda, basta para descobrir que a história era bem diferente da que lhe foi passada. Se não bastar continue rastreando de onde partiu o futrico.

COMO LEVAR O FOFOQUEIRO A SE SUICIDAR

Quando alguém disser algo como: "eu soube de uma coisa horrível que o Fulano disse de você", não pergunte: "o quê?". Quando alguém disser: "eu não concordo com a orientação desta empresa, curso, escola", não pergunte: "por quê?". Para um fofoqueiro não há coisa pior do que não poder falar. Você não demonstrar interesse pelo que ele tem a dizer ou, até mesmo, impedi-lo ("não fale mais nada; não quero saber") é a pior coisa que pode acontecer na estratégia do fofoqueiro.

Ele vai querer se matar! Mas se lhe faltar coragem para dar um corte como ele merece, aplique as outras táticas que são ensinadas abaixo.

Sempre que possível, quando vierem lhe contar alguma maledicência, a sua reação deve ser divertida, bem-humorada e de gozação ao portador da estória. Em geral o criador de uma fofoca declara que escutou de uma terceira pessoa, pois assim livra-se da responsabilidade. Por isso não tema ridicularizar a estória e quem a tiver maquinado. Por vezes, uma boa e sonora gargalhada é resposta mais do que suficiente para expressar sua incredulidade, para demonstrar que aquilo não o afetou nem um pouco e que não é para ser levado a sério. Mas registre o fato para tomar providências efetivas a fim de neutralizar o boato. Não deixe a bolha assassina evoluir à revelia. Boato é como rato: reproduz-se alucinadamente e rói tudo o que encontra pela frente.

Evite confrontos

Já vi muita gente declarando: "Fulano não serve para ser meu amigo. Vou lhe dizer umas poucas e boas."

A sabedoria popular diz que mexer no que não cheira bem só faz piorar o odor. Se o Fulano em questão realmente não serve como amigo, o melhor é tomar uma medida amenizadora do mal-estar ou do mal-entendido surgido e depois promover um afastamento cordial.

A vida me ensinou que uma pessoa que não sirva para se conviver, alguém em quem não se possa confiar, é também uma pessoa com quem devemos evitar confusão, pois é doente (neurótica) ou de baixo nível.

O que é que você ganha discutindo com alguém? Algumas pessoas fazem isso porque andaram assistindo novelas e aprenderam a "não levar desaforo para casa". Algumas dessas pessoas nem mesmo sabem conduzir um relacionamento de amizade ou conjugal sem estar todo o tempo a contender, como se a existência devesse consistir em um incessante defender-se dos outros e proteger seu território. Isso caracteriza um estrato cultural muito baixo. Pessoas educadas e elegantes não utilizam esse paradigma.

Quem se melindra e briga por tudo e por nada, é portador de complexo de inferioridade. Se você não é um complexado, não precisa responder a uma agressão com outra agressão.

Agora considere: quem parte para um bate-boca não pode ser uma pessoa fina. Geralmente, tem pouco a perder. Não é o seu caso. Tornar-se inimigo de uma pessoa ralé pode lhe custar dissabores futuros, ao longo de toda a sua vida. O que fazer então? Deixar o inconveniente azucrinar a sua existência? Jamais! Quem não serve para ser seu amigo deve ser afastado com arte. Dependendo do tipo de relacionamento que vocês mantiveram, promova um distanciamento progressivo e, volta e meia, tempere com uma cortesia. Por outro lado, recuse gentilmente os convites para o estreitamento da convivência, mediante justificativas aceitáveis.

O que você não deve fazer é partir para a briga, ou insultar, ou prejudicar a quem quer que seja. Das pessoas que trabalharam comigo e que eu precisei afastar, quase todas continuam minhas amigas. A maior parte das minhas ex-esposas continua mantendo boas relações comigo. As pessoas com quem não consegui preservar o distanciamento cordial e que hoje não gostam de mim, considero que, com essas, fracassei. Felizmente, foram poucas.

Isso de "ter que conversar" só funciona quando as pessoas são de fato amigas ou muito inteligentes, o que não constitui a média da humanidade! Nem com marido e mulher essa coisa de sentar para conversar funciona muito bem. Cada qual fica na defensiva e sai briga. Isso só funciona para os terapeutas, que faturam com o diálogo. É muito melhor adotar a tática da gentileza e do carinho quando não for o caso da necessidade de afastamento. E, quando for o caso, utilize a tática da **cordialidade distante**. Evite a convivência, evite discutir, mas preserve o bom relacionamento, fale bem da pessoa em questão, interrompa o fluxo de alguma fofoca que surja, envie cartões de Natal, aniversário, Páscoa, Dia das Mães, Dia dos Pais, Dia do Professor, indique clientes (se for colega) e cumprimente gentilmente quando se encontrarem. Isso não é hipocrisia. É diplomacia!

Se fizer isso, terei muito orgulho de você e poderei considerá-lo como alguém da nossa família, com quem terei prazer em conviver.

Vídeo: derose.co/boasmaneiras9
Vídeo: derose.co/boasmaneiras10
Vídeo; derose.co/boasmaneiras11
Vídeo: derose.co/boasmaneiras12

Desculpe!

A utilização do pedido de desculpas pode evitar até 90% dos conflitos entre amigos e entre desconhecidos. Só não funciona tão bem entre familiares, mas mesmo assim atenua bastante as tensões.

Deve ser utilizado não apenas quando você cometer algum erro, mas também quando outros os cometerem. Alguém lhe dá um esbarrão, você tem a certeza de que a culpa foi do outro, contudo, diz-lhe: "desculpe". O outro provavelmente dirá o mesmo. Ou se ele estiver convencido de que a culpa foi sua, dirá "não foi nada".

Não há preço que compense a economia de saúde a curto e a longo prazo, proporcionada por evitar um confronto, seja ele com desconhecidos, com amigos ou com familiares.

Então, vamos proceder a uma reeducação psicológica. Você aprendeu que quando os outros erram, eles é que têm que pedir desculpas. Agora está reaprendendo: quando você erra, pede desculpas e quando os outros erram você pede também.

Jamais diga: "você não compreendeu o que eu disse". No lugar dessa indelicadeza, declare com solenidade: "desculpe, creio que eu não me expliquei bem".

E numa circunstância em que assumir a responsabilidade poderia lhe custar um belo prejuízo? Se ocorrer um acidente de trânsito, você tem a certeza de que a culpa foi do outro motorista! Mas ele também tem a certeza de que a culpa foi sua... Então, que tal assumir a culpa e desculpar-se? O seguro paga. Não tem seguro? Então, não é para você que estou escrevendo. Todo o mundo tem seguro de tudo, do carro, da casa, de vida, de assistência médica. Quem não o tem é tão imprevidente que não faz sentido ler um livro destes. E não venha com a estória da falta de dinheiro que isso não convence. Bastaria comprar um carro minimamente mais barato e fazer o seguro.

E como fica a questão do direito e da justiça? Como é que você vai assumir uma culpa que não é sua? Não seria isso uma atitude meramente covarde? Ao contrário! Definitivamente, é preciso muita coragem e dignidade para assumir a sua própria culpa e, muito mais, a de outrem. Isso foi o que fizeram inúmeros santos e heróis nacionais, pessoas com um elevado sentido de compromisso humanitário a ponto de sacrificar o próprio ego e, às vezes, até a vida.

Mas antes de utilizar a estratégia do pedido de desculpas, é preciso eliminar o sentimento de culpa típico das ex-colônias. Na América Latina diz-se o "desculpe-me" com humildade e inferioridade, enquanto que nos países colonizadores utiliza-se esse termo como recurso de superiorizar-se em relação à pessoa com quem se fala.

Na França aplica-se o "*pardon M'sier*" para chamar a atenção de alguém que tenha sido indelicado ou que tenha procedido mal em qualquer circunstância.

Na Inglaterra e outros países que falam dialetos do inglês, usa-se a forma "*I beg your pardon*" (eu suplico o seu perdão) para fazer uma admoestação com superioridade e elegância a quem tiver cometido uma falta, uma arrogância ou impertinência.

Em ambos os casos a pessoa que pediu perdão fê-lo de cabeça erguida, com atitude de quem estava acima do outro. Com o pedido de perdão rebaixou o interlocutor, obrigando-o a responder com uma justificativa. No caso do inglês, a pessoa fica instada a modificar sua frase anterior. Se ela havia dito, por exemplo: "O senhor retirou o objeto que estava aqui", o "*I beg your pardon*" tem o poder de modificar a atitude do acusador para algo como: "Sinto muito, o que eu quis dizer foi que o senhor pode inadvertidamente ter esbarrado e deixado cair o objeto em questão". Você nota uma flagrante diferença de postura no pedido de perdão do colonizador e no do colonizado.

Como estou lidando com um leitor que já é viajado e cosmopolita (se ainda não o é, passará a ser com a leitura dos meus livros), posso propor que assuma a postura de elevada autoestima ao aplicar a estratégia do pedido de desculpas. Ao fazê-lo, você não estará se humilhando nem se rebaixando, mas estará pensando consigo mesmo: "Controlei a situação e dominei esse bruto que tenho diante de mim. Estou satisfeito por ter conseguido fazê-lo com uma inteligente administração de recursos. Na relação custo/benefício, poupei tempo, economizei stress e ainda contabilizei uma pessoa que pode vir a ser útil no futuro."

Vídeo: derose.co/boasmaneiras13

O CUMPRIMENTO

Há várias atitudes que servem como cumprimento. O mais simples dos cumprimentos é o sorriso, que já foi abordado anteriormente. Muitas vezes, basta sorrir para as pessoas e não é preciso dizer mais nada. Esse cumprimento é muito útil quando você está viajando por países cuja língua não domina, já que o sorriso é a língua universal.

O abraço é outra maneira, querida e informal, de cumprimentar. Gosto muito dessa opção.

O ósculo constitui cumprimento diferenciado, uma demonstração de afeto especial. O ósculo é o beijo na face. Em alguns países ele é usado mesmo entre os homens, o que constitui demonstração de sensibilidade e grande carinho. Por outro lado, nos últimos anos começou a se instalar uma tendência entre as pessoas mais sofisticadas: o uso do "selinho".

Ele consiste em aplicar um beijo nos lábios, suave e rápido[10], à guisa de cumprimento entre pessoas íntimas.

Por enquanto, essa prática tem-se restringido a pessoas de sexo oposto. Este, como qualquer outro cumprimento, precisa ser exercido com bom-senso e leitura de ambiente. Por exemplo, no aperto de mãos, o homem espera que a dama lhe estenda a mão; a pessoa mais jovem ou menos importante, espera que o mais velho ou mais importante lhe estenda a mão. Por que isso? Para dar a liberdade à dama ou à pessoa de mais elevada hierarquia de apertar a sua mão se ela quiser, ou a de não fazê-lo.

No caso do ósculo, recomenda-se que o homem espere um movimento da dama no sentido de oferecer a face. Em São Paulo, Lisboa e Porto é comum o ósculo a uma jovem ou senhora que se esteja acabando de conhecer. É o "muito prazer" dito com o beijinho. Já em outros lugares da Europa,

---

10 Foi noticiado que, em um país árabe, um senhor ocidental foi preso por atentado ao pudor por despedir-se de uma amiga, também ocidental, com um beijo na face. Se você ficou chocado e indignado com a intolerância, saiba que há quem aplique a mesma intransigência aqui mesmo, na nossa terra, com relação a qualquer atitude que seja diferente das usuais no seu mundinho.

Índia, países islâmicos e Extremo Oriente isso está termi-
nantemente proibido. Não deve ocorrer contato físico algum
com as pessoas de sexo oposto.

O beija-mão é usado para demonstrar muito carinho associado
a respeito profundo. Na sociedade contemporânea, o beija-mão
às senhoras é pouquíssimo utilizado e não se beija realmente,
apenas aproxima-se o rosto à mão da dama (nunca se ela estiver de luvas). Na nossa egrégora o beija-mão tem o seu lugar
de honra. Normalmente, usa-se segurar a mão no ângulo oposto
ao do aperto de mãos.

Já os cavalheiros devem tirar a luva da mão direita antes de
proceder ao aperto de mãos. Você acha que ninguém mais usa
luvas? Usa sim, em vários ambientes. Por exemplo, nas Sessões
Magnas das mais nobres ordens iniciáticas.

Vídeo: derose.co/boasmaneiras5

SE VOCÊ COME CARNES, FUMA OU BEBE SOCIALMENTE...

...Se você tem esses hábitos, seus olores corporais são mais fortes. Os adeptos da cultura *clean* geralmente são não-fumadores, não-comedores de carnes e abstêmios. Por isso mesmo, têm os sentidos mais apurados e um olfato delicado. Então, saiba que o cheiro do seu suor, dos seus pés etc., poderá ser muito desagradável, mas muito mesmo, para quem já está mais sensível.

Assim, além de caprichar na sua higiene normal, use bastante desodorante, água de colônia para o corpo todo e antissépticos para os pés. Se você for naturéba e nutrir a opinião de que tudo isso é antinatural, sacrifique-se um pouco pelo bem-estar dos demais. Garanto que a sua pele não vai cair.

O NAMORADO FUMA, BEBE OU COME CARNES

Já pensou em substituí-lo por outro mais palatável? Tenho a certeza de que sim. Mas se gostar muito dele, ou se tratar-se do cônjuge, sempre há a prioridade de dar-lhe uma chance e tentar reeducá-lo.

De qualquer forma, nesse estado ele seria um apêndice conjugal que você não poderia apresentar aos seus amigos, pois constituiria uma bomba de nêutrons pronta para detonar todas as suas amizades.

A reeducação tem que ser carinhosa e paciente. Qualquer pressão pode gerar uma atitude defensiva da parte da cara-metade e pôr tudo a perder.

Considere que esse seu esforço vai salvar a vida dele. Vai reduzir verticalmente a probabilidade de um câncer ou outra doença fatal ceifá-lo nos próximos anos. Ele será o primeiro a sair ganhando com isso.

Boas maneiras do não-fumante

Quem não fuma costuma se aborrecer com os fumadores mal-educados que excretam sua fumaça no ar que os outros estão respirando. Por esse justificado motivo, alguns de nós perdem a têmpera e, com ela, a classe.

Como estamos todos na mesma nave, o que precisamos é de muita paciência e capacidade para contornar as situações. Sempre que puder, simplesmente troque de lugar no restaurante ou no transporte coletivo[11]. Se não conseguir e a fumaça estiver incomodando realmente (sem ecofrescura), procure conquistar o fumador com toda a sua carga de gentileza.

---

11 Felizmente, hoje no mundo já não é mais permitido fumar nos aviões. No Brasil, há décadas já não se fuma nos ônibus e metrôs. Em São Paulo, uma Lei Estadual proíbe que se fume em qualquer local público (veículos, empresas, shopping centers etc.) Já na Europa, que acena com uma bandeirola de Primeiro Mundo, é um inferno. Em boa parte dos países, em pleno século XXI, fuma-se desbragadamente. E nós, viajores de uns rincões injustamente aviltados com a pecha de Terceiro Mundo, indignamo-nos, perplexos com a incultura e parca educação daqueles inveterados poluidores dos lugares em que comemos!

Diga-lhe honestamente que você não está aguentando. Se tudo for feito com naturalidade e cortesia, não existe ninguém que não apague o cigarro. No máximo vai lhe fazer uma cara feia. Mas, na relação custo/benefício o que é pior: a cara feia ou a fumaça dele nos seus pulmões?

Vídeo: derose.co/boasmaneiras17

Usar couro ou peles é politicamente correto?

Hoje os couros e as peles já não são tão necessários como o eram para o homem primitivo e devem ser substituídos sempre que possível por outras matérias-primas. No entanto, nem por isso paramos de usar sapatos ou cintos de couro. Na verdade, combater o uso de couros e peles se a pessoa em questão não parou de comer carnes, é uma bruta hipocrisia.

Há duas questões a considerar:

Primeira questão

Uma jaqueta de couro, um sapato, ou um cinto sacrificou, de fato, um ou mais animais. Porém esses animais não foram devorados para entrar na construção do corpo de quem tivesse digerido seus cadáveres. E a peça confeccionada vai durar anos, às vezes gerações, enquanto o churrasco ou hambúrguer vai exigir que diariamente novos animais sejam trucidados, pela vida inteira do ávido consumidor.

Na Índia, país tradicionalmente vegetariano, usa-se couro para calçados, bem como peles para alguns tipos de vestuário nos Himálayas. Quando abordei essa aparente contradição eles me explicaram que os animais não vivem para sempre. Lá, ninguém precisa abatê-los. Milhões deles morrem natural-mente todos os dias. Faz sentido. Portanto, é politicamente correto um yôgin ou vegetariano usar couro, por exemplo, nos calçados ou quando isso for necessário e não uma simples manifestação de vaidade. Haja vista o mito de Shiva Shankar, que medita sentado sobre uma pele de tigre; e as instruções dos textos antigos da Índia que mandam sentar-se sobre uma pele de cervo para praticar Yôga.

SEGUNDA QUESTÃO

Por outro lado, usar peles só por vaidade, impondo o sacrifí-cio de tantos animais sem a mínima necessidade é moralmen-te questionável. Especialmente numa época em que podemos dispor de peles sintéticas, as quais não têm origem animal. Se você gosta muito de usar casacos de peles, procure as artificiais que são bem elegantes, mais baratas e estão cada vez mais fáceis de se encontrar. Atualmente é mais *chic* usar pele artificial, pois você sempre pode invocar seu engajamento na nobre causa da preservação das espécies e na do meio ambiente.

Quanto aos sapatos, a indústria está oferecendo uma gama cada vez mais vasta de calçados do tipo tênis, em materiais como tecido, plástico, borracha, acrílico, silicone, sendo alguns modelos extremamente elegantes e que podem ser usados em uma variedade crescente de circunstâncias. Como brinde, você ainda leva a alta tecnologia das novas solas e palmilhas com amortecedores de impacto.

Politicamente correto?

Curiosamente, os que criaram o conceito do politicamente correto, a ponto de chamarem o negro de afrodescendente, e o anão de "verticalmente prejudicado", esses mesmos persistem autodenominando-se americanos, quando, em verdade, americanos são todos os habitantes das três Américas. Não podem denominar-se nem mesmo norte-americanos, pois isso excluiria os canadenses e os mexicanos. Seria o mesmo que os nativos da França se declarassem, não mais franceses, mas europeus. Os outros são ingleses, belgas, suíços, mas eles seriam eu-ro-peus!

– Europeus somos nós. Eles são alemães, espanhóis, italianos.

Portanto, caro leitor, vamos chamar nossos queridos irmãos americanos pelas suas nacionalidades corretas: americanos nascidos no Chile são chilenos; americanos nascidos na Argentina são argentinos; americanos nascidos no Canadá são canadenses (ou canadianos); americanos nascidos no México são mexicanos; americanos nascidos no Brasil são brasileiros; americanos nascidos nos Estados Unidos são estadunidenses. Afinal, trata-se de uma nação que proporcionou contribuições grandiosas em benefício da Humanidade e é justo que seja reconhecida pelo nome correto da nacionalidade. Já imaginou se perguntassem a John Lennon qual a sua nacionalidade e ele respondesse vagamente: "Europeu..." ?

Andy Warhol, o "americano" politicamente incorreto, e os brasileiros que vivem fora da América – no mar, talvez !

"Sei que é suposto não ser correto chamar 'América' aos Estados Unidos. Na escola te ensinam que chamar de 'América' aos Estados Unidos é ofensivo para todos os outros países da América do Norte, América Central e América do Sul porque, então, onde ficam todos esses países?

"Porém, estou pouco ligando se a Venezuela ou qualquer outro país se desgosta. Somos os estados que decidiram unir-se para ser o melhor país do mundo e somos o único ao qual ocorreu incluir 'América' em seu nome. O Brasil não se cha-

ma 'Brasil da América'. Assim, temos todo o direito a cha-
mar-nos 'América' [...] "

Andy Warhol, America, New York, Harper & Row Publisher, 1985, p.8, citado no
programa da mostra Mr. América, do MALBA, de Buenos Aires, Argentina.

Não é à toa que seu sobrenome começa com War (guerra)[12].

Mas como denominaríamos os habitantes da terra de Tio
Sam de forma politicamente correta? Yankees, não. Pode ter
conotação indesejável. Norte-americanos, jamais! Afinal, os
canadenses e os mexicanos não são norte-americanos? O
nome é estadunidense ou estado-unidense. É o que consta
nos dicionários de português e de espanhol. Mas e em inglês,
como diríamos estadunidense? Proponho USman, ou uniteds-
tatesman. Em francês, étasunien/étasunienne. Está lá no
Petit Robert. Então por que na França também chamam nossos estimados irmãos do Norte pelo termo genérico améri-

---

12 Por falar nisso, é politicamente incorreto denominar Segunda Guerra Mundial.
Afinal, o mundo inteiro não entrou em guerra. Ao que me consta, a Venezuela,
Equador, Bolívia, Nicarágua, Honduras, Guatemala, Peru etc. não se envolveram no
conflito. Mesmo alguns países europeus como Portugal, Suíça (incluindo o princi-
pado Liechtenstein), Suécia, Irlanda, Espanha, San Marino, não se envolveram na
guerra "mundial". Isso, sem mencionar os tantos países do Caribe, inúmeras nações africanas e algumas asiáticas que não tomaram parte na II "World" War. Na
I "World" War ainda menos países participaram. A sugestão é chamar a esses
conflitos de Primeira ou Segunda Grande Guerra.

cain/américaine que engloba os canadenses, os mexicanos e todas as demais nacionalidades da América Central e da América do Sul?

Cabe aqui um aparte para informar que nutrimos um sincero carinho e admiração pelos Estados Unidos. A grande maioria dos USmen and USwomen que tive a satisfação de conhecer sempre se mostraram como pessoas maravilhosas, dignas de todo o nosso respeito e consideração.

A bem da justiça, o continente nem deveria se denominar América. Recebeu esse nome em homenagem a Américo Vespúcio. Mas o vetusto Vespúcio só trouxe cá o seu pre-púcio muito depois de Colombo. Então, seria mais justo que nosso continente se denominasse Colômbia. Oops! Não. É melhor deixar como está. Colômbia é outra nação amiga.

Mas, já que estamos com a mão na massa, você sabe por que se denomina América Latina à América Maior, aquela que vai da Patagônia à fronteira do México com os Estados Unidos? Foi Napoleão III que criou essa denominação para que não fosse mais denominada América Hispânica, a fim de implicar com a Espanha. Afinal, o mais elegante e culto bairro de Paris é o *Quartier Latin* (o quarteirão latino). Aplausos para Napoleão III, pois se ficássemos conhecidos como América Hispânica, nós brasileiros, que não somos hispânicos, teríamos mais uma razão para protestar.

E denominar "latinos" aos procedentes dos países hispânicos está correto? Estaria correto se aí fossem incluídos todos os latinos, ou seja, os franceses, italianos - e, aí sim, até os portugueses e brasileiros.

VOCÊ É CANHOTO?

Sem dúvida alguma, é politicamente incorreto chamar de canhoto aquele que escreve com a mão esquerda e de destro aquele que escreve com a direita. Afinal, se você não sabe, "canhoto" significa desajeitado, pouco hábil e é também sinônimo de diabo, demônio, o cão; e destro tem a acepção de hábil, perito.

Ora, não é educado chamar de pouco hábil justamente um cidadão que tenha mais desenvolvido o hemisfério artístico do cérebro. Por isso, sempre gracejo dizendo que o mundo se divide em dois grupos de pessoas: os esquerdinos[13] e os errados. É uma vingancinha.

---

13 Essa palavra existe em lusitanês, mas não está registrada em brasileirês. Se for consultar dicionários, recomendo o *Dicionário da Língua Portuguesa Contemporânea*, da Academia das Ciências de Lisboa.

Livros, Mestres e correntes

Ao virar as páginas de um livro,
não é elegante molhar a ponta do dedo com saliva.
É feio, anti-higiênico e pode lhe custar a vida.

Um discípulo leal e educado não faz misturança. Caso dedique-se a uma linha filosófica, deve fazê-lo de corpo e alma, como o faria se estudasse piano ou ballet clássico. Da mesma forma, como naquelas outras artes, o discípulo só deve ter um Mestre. Frequentar cursos e eventos de outras correntes supostamente similares sem o conhecimento do seu preceptor ou ler livros menos recomendáveis, ou conflitantes, são atitudes consideradas como deselegância e grosseria. Um aluno de Karatê que frequente outra escola dessa arte e aprenda também de outro Mestre, pode ser expulso da sua própria - isso se não for "convidado" para uma luta disciplinadora com o seu Sensei! Isto não se aplica apenas às disciplinas orientais ou iniciáticas.

Estou ciente de que o leigo eventualmente poderá encontrar alguma dificuldade para metabolizar este conceito ético, pois em sua sede quase incontrolável de conhecimentos, interpretará a etiqueta como restrição à sua liberdade. Mas, quando se compromete matrimonialmente com uma só pessoa, você também sente que isso é uma violência à sua liberdade de continuar namorando com quem desejar?

A solução seria não se comprometer com nenhum Mestre de Ballet, nem de Karatê, nem de Yôga; ou seja, não se declarar discípulo de ninguém, e seguir brincando com as coisas sérias até amadurecer. Aí, no devido tempo, com toda a liberdade, poderá tomar uma decisão consciente e voluntária.

Vídeo: derose.co/boasmaneiras18

COMO COMER

De boca aberta, nem chiclete! (Aliás, a goma de mascar contribui para dilatar o estômago.) Não encha demais a boca. Evite atritar o garfo nos dentes. Não se curve sobre a comida: ela é que deve vir até você e não você até ela.

Sem pressa, verifique se o garfo está em condições de ser levado à boca, ou se há algo perigosamente pendente, arriscando uma embaraçosa salpicada na sua roupa. Ou, pior, um fiapo de queijo derretido, daqueles que ficam pendurados como baba no lábio inferior e que todo o mundo vê, menos você. Enquanto mastiga, solte o garfo!

Ao comer pão[14], biscoito ou frutas, sempre que possível, parta com a mão o bocado que for levar à boca. Procure não cor-

---

14 Meu amigo Amilton Rotella teve um restaurante em Londres. Certa vez, comentou que quando um latino (italiano, espanhol, português, brasileiro) termina de comer, há mais farelo de pão na toalha de mesa do que quando um anglo-saxão termina de almoçar. E que isso é tão flagrante que ele passou a fazer amizades baseando-se nos farelos. Quando via muitos resíduos, Amilton já chegava falando português, pois a probabilidade de ser conterrâneo era grande.

tar com os dentes. Isso evita contaminar o alimento com saliva, permitindo assim, partilhá-lo com outra pessoa que chegue, sem ter que lhe oferecer algo já mordido por você. E
tem a vantagem de contribuir para preservar os lábios, bar-
ba e roupa limpos de resíduos ou de farelos. Evidentemente,
para comer sanduíches, esse procedimento não pode ser
aplicado, mas, quando foi instituído, na Índia antiga, não
existiam sanduíches.

Legumes cozidos, de preferência, não devem ser cortados
com faca, a menos que estejam muito consistentes. Em alguns países, não devem ser cortados nem com o garfo. Alfa-
ce, pela etiqueta tradicional não deve ser cortada jamais e
sim, dobrada. Contudo, achamos que caso o anfitrião não te-

nha a delicadeza de servi-la já picada, fica facultado ao conviva usar a sua faca, se assim lhe aprouver.

La pasta (a massa) não deve ser jamais cortada e sim enrolada elegantemente com o garfo - sem o auxílio da colher! Uma pequena concessão é permitida à lasagna e outras que não possam ser conduzidas à boca se não forem cortadas. Mesmo assim, se possível, que a heresia seja cometida sem a faca.

Jamais empurre a comida com a faca para ajeitá-la no garfo. É muito feio! Não importa se no seu grupo cultural se usa assim. É feio.

Solte a faca enquanto conduz graciosamente o garfo à boca. Deixe-a totalmente apoiada (em dois pontos, lâmina e cabo) na borda do prato. Assim, é mais difícil de a faca escorregar e cair, sujando a toalha. Ao cortar alguma coisa, evite fincar o garfo na vertical, agarrando firmemente com o mãozão, como se fosse para evitar que a comida fuja do prato. Quem crava o garfo assim são os devoradores de carne dura, portanto, trabalhadores braçais.

Ah! E não misture a comida como se estivesse "virando massa" de concreto. Retire delicadamente a porção do que você quiser, sem "virar massa" e mantendo o restante do prato arrumadinho.

Se tomar sopa, nada de inclinar o prato para retirar até as últimas gotas[15]. Caso ela esteja quente, não sopre para arrefecer. Abre-se uma concessão apenas para dar uma sopradinha discreta na porção que está na colher. Se gosta de tomar sopa com pão, evite jogá-lo dentro do prato. Fica melhor se você levar o pão à boca e depois a sopa. Outra licença seria colocar o pedaço de pão na colher. Mas, sobre isto, há controvérsias...

Sempre que possível, sustente os objetos com os primeiros três dedos – polegar, indicador e médio – mantendo recolhidos os dedos anular e mínimo. Esse é o melhor mudrá[16] para segurar copos, xícaras, pratos, garfos, livros e seja lá o que

---

15 Nós, os excêntricos, contamos com a indulgência da sociedade. Sempre que posso, tomo sopa como os japoneses, sem colher. Não entendo o uso desse apetrecho, que só dificulta e propicia acidentes. Prefiro usar uma cumbuca nipônica, caneca ou xícara.

16 Mudrá – gesto feito com as mãos e os dedos.

for. Esse gesto tem a vantagem de garantir que aquele dedo mínimo não fique levantado nem tortinho.

O mundo está dividido pela forma de segurar os talheres. Preste muita atenção à maneira pela qual os diferentes grupos culturais pegam o garfo e a faca. Comece a observar isso na vida real e no cinema. Depois, decida-se: a forma como você sustém o garfo satisfaz suas expectativas em termos de educação e refinamento? Ou esse ato tão corriqueiro precisa passar por uma revisão?

Convite para almoço ou jantar

Se o adepto da tribo *clean* for convidado para almoçar ou jantar na casa de alguém, é sua obrigação relembrar o anfitrião de que o invitado não come carne de boi, nem carne de ave, nem carne de peixe, nem qualquer outro tipo de cadáver.

Mais vale informar isso antes do que gerar constrangimento depois. Se lhe desfecharem a famigerada pergunta: "Mas, então, o que é que você come?", ofereça-lhe um livro **Método de Boa Alimentação**, deste autor. Tenha sempre um exemplar à mão para poder sacar rápido.

Se, após os cuidados mencionados, os anfitriões tiverem a deselegância de lhe servir animais mortos, você não estará sendo grosseiro se recusar tais alimentos. Deve seguir conversando alegremente, mantendo a simpatia, mas, simplesmente, não tocar na comida. Caso o anfitrião questione por que não está comendo, é adequado ser sincero e dizer:

— Não se preocupe comigo. Como lhe informei anteriormente, eu não como nenhum tipo de carne, nem carne de ave, nem carne de peixe. Mas tenho a certeza de que há legumes nos acompanhamentos e vou me servir deles. Além do mais, estou aqui para desfrutar da sua companhia e isso é o que importa[17].

Se o equívoco ocorrer num restaurante, após você ter deixado bem claro suas preferências alimentares, não brigue, não faça escândalo (eu sei que dá vontade), não humilhe o pobre diabo que não teve Q.I. para compreender o que você especificou. Peça a conta, pague e vá embora. Você não vai ficar mais pobre por isso, mas garanto que se estiver acompanhado, sua companhia vai ficar muito bem impressionada.

Caso o garçom ou *maître* lhe pergunte porque não está satisfeito, explique falando baixo, com educação, mas com convicção. Se ele lhe oferecer para trocar o prato, recuse gentilmente. Nunca mande voltar um pedido. É praxe dos cozinheiros do mundo todo cuspir no prato seguinte. Claro que nem todos têm tal comportamento, mas você vai querer arriscar?

---

17 Em tempo: sempre que aceitar um convite para almoço ou jantar na casa de alguém, ou para banquetes de solenidades, tome o cuidado de "forrar" o estômago antes de sair de casa. Dessa forma, você poderá comer ou deixar de comer e não passará fome.

QUE TALHERES USAR?

Sempre comece com os de fora, os mais distantes do prato. Quando chegar numa faca diferente, já sabe que o respectivo prato é de peixe. Basta não tocar nele e esperar pelo seguinte, conversando normalmente com os parceiros da esquerda, da direita e os de frente. Vá preenchendo o tempo com a bebida e com os pãezinhos e seus acompanhamentos (patês de queijo, azeitonas, manteiga), se ainda estiverem sobre a mesa.

Caso alguém lhe pergunte se não vai comer seu peixe, nem pense em oferecê-lo ao interlocutor, a menos que haja muita intimidade entre os dois e que o local seja extremamente familiar. Diga com naturalidade que não come carnes (no plural). Pronto: isso já lhe dá assunto para o resto da refeição. Mas cuidado com o que vai dizer! Deixe claro que cada um deve comer o que lhe der prazer e não faça referência a cadáver-de-bicho-morto nem a comida de cachorro.

Às vezes, alguém vem com aquela: "Mas você não come carne branca?" Você pode alegrar o ambiente respondendo: "De forma alguma! Isso seria preconceito racial." Ou: "Não, não. Vegetariano que come carne, tem um outro nome. (Carne branca é carne, não é?) Como é mesmo...? Começa com um radical grego. Macrós... Não. Hipós.. Isso! Hipo, hipo... hipócrita!"

Normalmente evitamos rotular-nos de vegetarianos, mas numa situação dessas pode até vir a ser pitoresco e permitir que você se torne o centro das atenções durante os quinze minutos de fama a que todos temos direito. Saiba explorar muito bem essa oportunidade, pois talvez não tenha outra pelo resto do jantar[18]. Mas lembre-se de que tudo tem que ser dito com extrema simpatia, com uma cara de Ray Charles.

"PODE COMER. ISTO NÃO LEVA CARNE... SÓ UM POUQUINHO."

Se o anfitrião (ou seja lá quem for) mentir dizendo que um quitute não tem carne e você perceber que ele está mentindo, procure discretamente comer só os acompanhamentos. Se tratar-se de canapê ou salgadinho que já tenha levado à boca e, só então, descoberto o engodo, procure um lavabo para poder cuspi-lo. Se o evento desafortunado ocorrer quando estiver conversando com alguém, peça licença e vá

---

18 Evite pronunciar "a janta". Não está errado. Tanto os dicionários do Brasil quanto os de Portugal reconhecem essa forma familiar. Acontece que na Terra de Santa Cruz essa pronuncia teve o uso difundido por grupos culturais menos letrados. Pronunciar dessa forma poderá dificultar sua ascensão social.

livrar-se do bocado cadavérico. Volte em seguida para pros-seguir a conversação sem tocar no assunto. Caso lhe pergun-tem o que aconteceu, seja natural e sincero, mas sempre com simpatia.

Discussões sobre sistemas alimentares estão fora de questão. Você pode tentar esclarecer, se achar que o interlocutor é inteligente ou simplesmente para puxar assunto. Discutir ou doutrinar, jamais!

Quando alguém, qualquer pessoa, tentar iniciar um debate para discordar da sua opção alimentar, escolha uma das res-postas abaixo:

☺ Não precisa se justificar. Pode comer o que quiser. Nin-guém é perfeito.

☺ Cada um come o que gosta. Eu não vou interferir com a sua liberdade de escolha, nem você com a minha.

☺ Tenho a certeza de que estou falando com uma pessoa educada, que respeita minha opção alimentar, não é mesmo?

Imediatamente mude de assunto e prossiga conversando com amabilidade sobre um tema mais ameno.

Se a pessoa for burra, não perca tempo. Responda com a cara mais deslavada:

– É religião.

Ah! Isso o bestunto do questionador compreende e respeita, não é?

Papai do céu vai lhe perdoar por esse pecadilho, afinal você mentiu por uma boa causa – a piedade![19]

---

[19] No fundo, é verdade se você seguir qualquer religião que reconheça o Antigo Testamento:

No Genesis, cap. 1, vers. 29, podemos ler: "E disse Deus ainda: Eis que vos tenho dado todas as ervas que dão semente e se acham na superfície de toda a terra, e todas as árvores em que há fruto que dê semente; isso vos será para mantimento".

Em Exodus, capítulo 20, matar qualquer ser vivente consta como pecado mortal.

Em Provérbios, cap. 23, vers. 20, consta: "Não estejas entre os bebedores de vinho nem entre os que devoram carnes."

Em Daniel, cap. 1, vers. 12, 14 e 15, lemos: "Experimenta, peço-te, os teus servos dez dias; e que se nos deem legumes a comer e água a beber. Ele atendeu e os experimentou dez dias. No fim dos dez dias, a sua aparência era melhor; estavam eles mais robustos do que todos os jovens que comiam das finas iguarias do rei. Com isto, o cozinheiro-chefe tirou deles as finas iguarias e o vinho que deviam beber e lhes dava legumes."

Em Isaías, cap. 66, vers. 3, está escrito: "Quem mata um boi é como o que tira a vida a um homem."

Em Romanos, cap. 14, vers. 21, encontramos outro reforço: "É bom não comer carne, nem beber vinho."

QUEM PAGA: O HOMEM OU A MULHER?

Quem paga o almoço ou o jantar? Cavalheirismo à parte, não importa se é homem ou mulher, afinal, onde fica a igualdade? Em princípio, paga quem convidou. A menos que se trate de um machista-leninista.

Por outro lado, vale sempre uma boa leitura de ambiente. Se o mancebo ainda não conhece bem a donzela, é recomendável sondar suas expectativas. Algumas moçoilas consideram encantador quando o homem paga a conta e uma grosseria se ele não o faz.

No entanto, para o caso de amigos mais íntimos e de pessoas que costumam almoçar frequentemente juntas, o melhor procedimento é o de que, preferencialmente, paga quem tiver convidado, ou racha-se a conta, ou cada um paga o que consumiu. Isso deixa todos mais à vontade.

CONCLUSÃO

Espero que você tenha se divertido e aprimorado com a leitura deste manual de comportamento. Uma coisa é certa: sua vida e a dos seus amigos vai ser bem facilitada a partir de agora! E muita gente migrará para níveis mais elevados de conduta, o que se refletirá na melhoria das relações afetivas e poderá até beneficiar o sucesso profissional.

Tive muito carinho em tudo o que escrevi e torço para que tenha contribuído para estreitar nossos laços de amizade.

Sugiro que comece agora mesmo a releitura deste livro, dando especial atenção aos trechos que já foram assinalados por você na primeira leitura. Releia com mais calma, saboreando cada parágrafo e parando para meditar e assimilar o seu conteúdo.

Vídeo: derose.co/boasmaneiras19
Vídeo: derose.co/boasmaneiras20
Vídeo: http://derose.co/boasmaneiras25

Se este foi o nosso primeiro contato, se este foi o seu primeiro livro deste autor, espero que não seja o último e que possamos estar juntos mais vezes através da leitura.

Então, vejo você no próximo livro.

Conheça meus outros livros:

1. *Quando é Preciso Ser Forte*
2. *Eu me lembro...*
3. *Método para um Bom Relacionamento Afetivo*
4. *Método de Boa Alimentação*
5. *Anjos Peludos – método de educação de cães*
6. *Mensagens*
7. *Meditação*
8. *Karma e dharma*
9. *Corpos do homem e planos do universo*
10. *Sútras – máximas de lucidez e êxtase*
11. *Pensamentos*
12. *Programa do Curso Básico*
13. *Encontro com o Mestre*
14. *Tratado de Yôga*
15. *Falando bonito*
16. *Como perdi 10 kg em dois meses*

CURSO DE BOAS MANEIRAS

Este autor ministra uma vez por ano um curso de Boas Maneiras em sua escola em São Paulo, o qual inclui parte prática e teórica:

- **comportamento à mesa** (como usar o garfo, a faca, a colher, o guardanapo, o copo, como comer espaguete, como tomar sopa, como usar o pão e a manteiga, como tomar chá etc.);

- **nas relações afetivas** (não paquerar: conquistar; como ser educado sem ser afetado, quando mandar flores e quais, o respeito como alicerce do amor duradouro etc.);

- **no sexo** (como agir antes, durante e depois de um contado íntimo, o que é de bom-gosto e o que não é, como surpreender o(a) parceiro(a) e tornar-se inesquecível);

- **no casamento** (como evitar conflitos, respeitar o espaço do outro, eliminar a possessividade, superar o ciúme, ser parceiro em todas as horas, aplicar sempre sinceridade e confiança mútua);

- **nos restaurantes** (o uso adequado do cardápio, as funções de maître, sommelier, garçom e cumim, a bebida, os talheres, como chamar o funcionário, que volume do voz usar nos diálogos);

- **nas viagens de avião** (o que levar a bordo e o que despachar, evitar o excesso de bagagem, que poltrona escolher, como se levantar e sentar-se sem incomodar os outros, cuidados com a imigração etc.);

- **nos hotéis** (a reserva, o *check-in*, costumes dos hotéis na Europa, como tratar os funcionários, a gorgeta, as toalhas, o banheiro, a cama, o *room-service*, o *check-out* etc.);

- **nas ruas, táxis e metrôs** do Brasil, da Argentina, da Europa e muitas outras dicas numa tarde divertida e instrutiva.

COMENDADOR DeROSE

Professor Doutor Honoris Causa

Vídeo: derose.co/outorgaderose1

Vídeo: derose.co/outorgaderose2

Em 1960, DeRose começou a lecionar numa respeitada entidade filosófica. Em 1964 fundou a primeira escola do DeROSE Method. Em 1969, publicou o primeiro livro. Hoje já são mais de trinta obras publicadas em vários países.

*Comemorando 40 anos de carreira no ano 2000, recebeu em 2001 e 2002 o reconhecimento do título de **Mestre** (não-acadêmico) e **Notório Saber** pela FATEA – Faculdades Integradas Teresa d'Ávila (SP), pela Universidade Lusófona, de Lisboa (Portugal), pela Universidade do Porto (Portugal), pela Universidade de Cruz Alta (RS), pela Universidade Estácio de Sá (MG), pelas Faculdades Integradas Coração de Jesus (SP), pela Câmara Municipal de Curitiba (PR).*

Em 2001 recebeu da Sociedade Brasileira de Educação e Integração a Comenda da Ordem do Mérito de Educação e Integração.

Em 2003 recebeu outro título de Comendador, agora pela Academia Brasileira de Arte, Cultura e História.

Em 2004 recebeu o grau de Cavaleiro, pela Ordem dos Nobres Cavaleiros de São Paulo, reconhecida pelo Comando do Regimento de Cavalaria Nove de Julho, da Polícia Militar do Estado de São Paulo.

Comendador DeRose recebendo a Medalha da Paz, da ONU Brasil, em 2006.

Em 2006 recebeu a Medalha Tiradentes pela Assembleia Legislativa do Estado do Rio de Janeiro e a Medalha da Paz, pela ONU Brasil. No mesmo ano, recebeu o reconhecimento do título de Doutor Honoris Causa pela Faculdade de Ciências Sociais de Florianópolis, pela Câmara Brasileira de Cultura, pela Universidade Livre da Potencialidade Humana e por várias outras instituições culturais e o Diploma do Mérito Histórico e Cultural no grau de Grande Oficial. Foi nomeado Conselheiro da Ordem dos Parlamentares do Brasil.

Em 2008 recebeu a Láurea D. João VI em comemoração pelos 200 anos da Abertura dos Portos. No seu aniversário, dia 18 de fevereiro, recebeu da Câmara Municipal o título de Cidadão Paulistano. Em março, foi agraciado pelo Governador do Estado de São Paulo com o Diploma Omnium Horarum Homo, da Defesa Civil. Neste ano, recebeu também a Cruz da Paz dos Veteranos da Segunda Guerra Mundial, a Medalha do Mérito da Força Expedicionária Brasileira, a Medalha

MMDC pelo Comando da Polícia Militar do Estado de São Paulo, a Medalha do Bicentenário dos Dragões da Independência do Exército Brasileiro e a Medalha da Justiça Militar da União.

Em novembro de 2008 foi nomeado Grão-Mestre Honorário da Ordem do Mérito das Índias Orientais, de Portugal.

Em virtude das suas atuações nas causas sociais e humanitárias, no dia 2 de dezembro, recebeu uma medalha da Associação Paulista de Imprensa. No dia 4 de dezembro, foi agraciado com a medalha Sentinelas da Paz, pelos Boinas Azuis da ONU de Joinville, Santa Catarina. No dia 5 de dezembro, recebeu, na Câmara Municipal de São Paulo a Cruz do Reconhecimento Social e Cultural. No dia 9 de dezembro, recebeu no Palácio do Governo a medalha da Casa Militar, pela Defesa Civil, em virtude da participação nas várias Campanhas do Agasalho do Estado de São Paulo e na mobilização para auxiliar os desabrigados da tragédia de Santa Catarina. No dia 22 de dezembro, recebeu mais um diploma de reconhecimento da Defesa Civil no Palácio do Governo.

Comendador DeRose recebendo a Medalha Marechal Falconière, em 2007. Na foto também estão sendo agraciados o Coronel Mendes, do Grande Oriente do Brasil, e o Prior *Knight Grand Cross of Justice* Dr. Benedicto Cortez, da *The Military and Hospitaller Order of Saint Lazarus of Jerusalem*.

Comendador DeRose recebendo a Medalha Internacional dos Veteranos das Nações Unidas e dos Estados Americanos, em 2007, das mãos do Coronel Lemos.

Em janeiro de 2009, recebeu o diploma de Amigo da Base de Administração e Apoio do Ibirapuera, do Exército Brasileiro.

*Atualmente, DeRose comemora 25 livros escritos, publicados em vários países e mais de um milhão de exemplares vendidos. Por sua postura avessa ao mercantilismo, conseguiu o que nenhum autor obtivera antes do seu editor: a autorização para permitir free download de vários dos seus livros pela internet em português, espanhol, alemão e italiano, bem como MP3, sem ônus, dos CDs de prática e disponibilizou dezenas de webclasses gratuitamente no site **www.MetodoDeRose.org**, site esse que não vende nada.*

Todas essas coisas foram precedentes históricos. Isso fez de DeRose o mais citado e, sem dúvida, o mais importante escritor do Brasil na área de autoconhecimento, pela energia incansável com que tem divulgado a filosofia hindu nos últimos quase 50 anos em livros, jornais, revistas, rádio, televisão, conferências, cursos, viagens e formação de novos instrutores. Formou mais de 6000 bons instrutores e ajudou a fundar milhares de espaços de cultura, associações profissionais, Federações, Confederações e Sindicatos. Hoje tem sua obra expandida por: Argentina, Chile, Portugal, Espanha, França, Inglaterra, Escócia, Itália, Indonésia, Estados Unidos (incluindo o Havaí) etc.

Comendador DeRose no Museu da Marinha do Brasil, recebendo a Láurea D. João VI em comemoração pelos 200 anos da Abertura dos Portos, em 2008.

DeRose é apoiado por um expressivo número de instituições culturais, acadêmicas, humanitárias, militares e governamentais que reconhecem o valor da sua obra e o tornaram o Mestre de filosofia hindu mais condecorado no mundo com medalhas, títulos e comendas. Contudo, ele sempre declara:

"As honrarias com que sou agraciado de tempos em tempos tratam-se de manifestações do respeito que a sociedade presta a esta filosofia e ao trabalho de todos os profissionais desta área. Assim, sendo, quero dividir com você o mérito deste reconhecimento."

Na Câmara Municipal de São Paulo, o Comendador DeRose recebeu o título de Cidadão Paulistano no dia 18 de fevereiro de 2008.

Na foto, da esquerda para a Direita, DeRose, o Presidente do Rotary São Paulo Morumbi, Dr. Gianpaolo Fabiano; o Presidente da Ordem dos Parlamentares do Brasil, Deputado Dr. Dennys Serrano; o Vereador José Rolim; o Presidente da Associação Brasileira dos Expedicionários das Forças Internacionais de Paz da ONU, Dr. Walter Mello de Vargas; e o Coronel Alvaro Magalhães Porto, Oficial do Estado Maior do Comando Militar do Sudeste.

O Comendador recebéndo em 2005 a medalha comemorativa pelos 25 anos de DeRose em Portugal. Da esquerda para a Direita, o escultor Zulmiro de Carvalho, os professores Luís Lopes, DeRose, António Pereira e o Vereador da Câmara Municipal de Gondomar, Fernando Paulo.

Comendador DeRose na solenidade de recebimento da Medalha MMDC,
dos Veteranos de 32, em 2008.

Comendador DeRose recebendo a
Medalha do Bicentenário dos Dragões da Independência, em 2008.

Comendador DeRose, recebendo a Medalha da Justiça Militar da União, em 2008.

Comendador DeRose com o Prior *Knight Grand Cross of Justice* Dr. Benedicto Cortez, da *The Military and Hospitaller Order of Saint Lazarus of Jerusalem,* ambos com a Medalha da Justiça Militar da União.

Comendador DeRose, portando o Colar José Bonifácio e outras comendas, com Fernanda Neis, no evento de congraçamento e premiação aos melhores profissionais do ano de 2008, realizado pela Academia Brasileira de Arte, Cultura e História.

Comendador DeRose presidindo a Mesa de Honra no evento de congraçamento e premiação aos melhores profissionais do ano de 2008.

Comendador DeRose recebendo o Diploma de Conselheiro
da Academia Brasileira de Arte, Cultura e História

Comendador DeRose discursando no Palácio do Governo, em 2009, após receber a
Medalha da Casa Militar, do Gabinete do Governador do Estado de São Paulo.

Comendador DeRose discursando novamente no Palácio do Governo,
em 2010, após receber a Medalha da Defesa Civil.

O Governador Serra, do Estado de São Paulo, cumprimentando o Comendador DeRose após agraciá-lo com o Diploma *Omnium Horarum Homo* pelo "seu comprometimento com a causa humanitária".

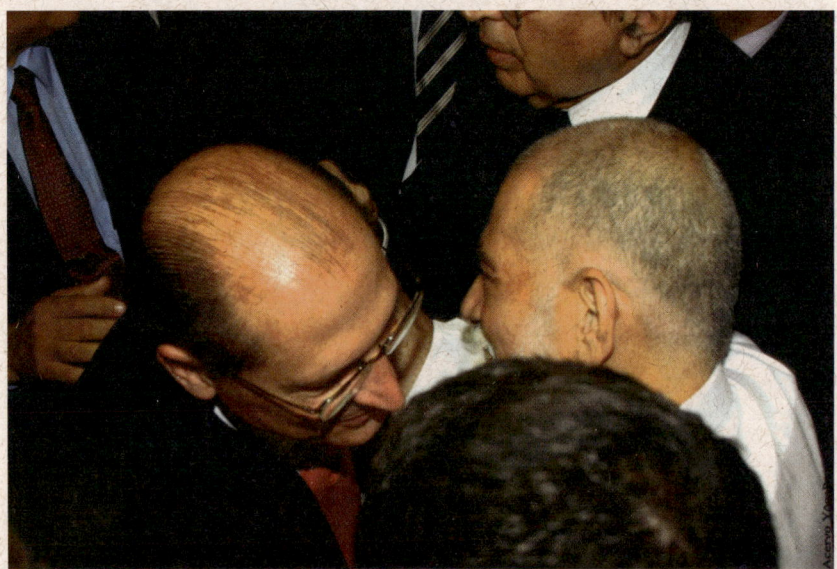

Comendador DeRose com o Dr. Geraldo Alckmin
na solenidade da posse do Secretário do Desenvolvimento do Estado de São Paulo.

Comendador DeRose recebendo das mãos do Comandante PM Telhada a Medalha
da Academia Militar do Barro Branco, em 25 de novembro de 2009. Ao lado, o Prior
Knight Grand Cross of Justice Dr. Benedicto Cortez, da *The Military and Hospitaller
Order of Saint Lazarus of Jerusalem. Atrás,* o Digníssimo Senhor Presidente da ONU
Brasil, Dr. Walter Mello de Vargas. Perfiladas, outras autoridades.

Comendador DeRose recebendo medalha da OAB.

Outorga do grau de Grande Oficial da Ordem dos Nobres Cavaleiros de São Paulo, em 29 de janeiro de 2010.

Comendador DeRose recebendo das mãos do Prof. Michel Chelala o Colar Marechal Deodoro da Fonseca, no Polo Cultural da Casa da Fazenda do Morumbi.

Comendador DeRose laureado com o Colar da Justiça Militar,
ao lado do Excelentíssimo Senhor Ten. Brigadeiro-do-Ar Carlos Alberto Pires Rolla,
agraciado com a Medalha da Justiça Militar.

Comendador DeRose no Batalhão Tobias de Aguiar (ROTA), recebendo a
"Medalha Brigadeiro Sampaio, Patrono da Infantaria". À direita, o Desembargador
Dr. Júlio Araújo Franco Filho; e à esquerda, Carlos Yee, da SASDE.

No primeiro plano, o Comandante Geral da Polícia Militar do Estado de São Paulo, Coronel PM Alvaro Batista Camilo, cumprimentando o Comendador DeRose no Batalhão Tobias de Aguiar (ROTA), após a outorga da "Medalha Brigadeiro Sampaio, Patrono da Infantaria". Atrás, à esquerda, o Digníssimo Senhor Presidente da ONU Brasil, Dr. Walter Mello de Vargas, que concedeu a honraria em 16 de junho de 2010.

Comandante PM Coronel Camilo, com o Comendador DeRose.

Comendador DeRose recebendo a Medalha do Mérito Ambiental, outorgada pelo Major PM Benjamin, Comandante do 7°. Batalhão de Polícia Militar do Estado de São Paulo.

Comendador DeRose sendo agraciado com o Grão-Colar da
Ordem dos Nobres Cavaleiros de São Paulo, no 1º. Batalhão de Polícia de Choque
da Polícia Militar do Estado de São Paulo.

Comendador DeRose condecorando oficiais da Polícia Militar.

Comendador DeRose quando recebeu a Medalha Marechal Trompowsky, na ROTA. Discursando o General Santini.

Comendador DeRose recebendo o Grão-Colar da Sociedade Brasileira de Heráldica e Humanística conferido pelo Venerável Grão-Prior Dom Galdino Cocchiaro

Comendador DeRose recebendo na Câmara Municipal de São Paulo o Grão-Colar da Sociedade Brasileira de Heráldica e Humanística, das mãos do Senador Tuma e sob a tutela do Venerável Grão-Prior Dom Galdino Cocchiaro, à direita.

Exmo. Sr. General Vilela, Comandante Militar do Sudeste: Dr. J.B. Oliveira, da OAB; Comendador DeRose, recebendo a Cruz do Anhembi; Vereador Quito Formiga; Prof. Michel Chelala, do Polo Cultural Casa da Fazenda; Exmo. Sr. Coronel PM Alvaro Batista Camilo, Comandante Geral da Polícia Militar do Estado de São Paulo.

Comendador DeRose com o Grão-Colar de 50 anos
da Sociedade Brasileira de Heráldica e Humanística.

Comendador DeRose ministrando a Aula Magna
após receber o título de Professor Doutor *Honoris Causa*,
em 2010, pelo CESUSC – Complexo de Ensino Superior de Santa Catarina.

"Honi soit qui mal y pense"

"Envergonhe-se quem pense mal disto!"

(Em francês atual, *honi* escreve-se com dois *nn.*)

Divisa da Ordem da Jarreteira (Order of the Garter), a mais antiga ordem de cavalaria da Inglaterra, fundada em 1348 por Edward III, baseada nos nobres ideais da demanda ao Santo Graal e da corte do Rei Arthur. É vista como a mais importante Comenda do sistema honorífico do Reino Unido, desde aquela época até aos dias de hoje.

A DIVULGAÇÃO DESTAS HOMENAGENS E CONDECORAÇÕES NÃO TEM JUSTIFICATIVA NA VAIDADE PESSOAL.

É muito bom que ocorram essas solenidades de outorga, pois a opinião pública, nossos instrutores, nossos alunos e seus familiares percebem que há instituições fortes e com muita credibilidade que nos apoiam e reconhecem o valor do trabalho que realizamos pela juventude, pela nação e pela humanidade.

O TRAJE FORMAL HINDU

O nome internacional do traje formal hindu é *Nehru suit*, em referência ao Primeiro-Ministro da Índia Nehru que o tornou conhecido por comparecer a reuniões com chefes de estado e a solenidades com a sua indumentária tradicional. Na verdade, vestimentas tradicionais são aceitas em muitos lugares do mundo para substituir o *smoking* (*tuxedo*), como, por exemplo, o traje típico do Rio Grande do Sul. Em recepções que exijam *black-tie*, se o gaúcho comparecer pilchado, isto é, de calça bombacha, botas e demais acompanhamentos, essa vestimenta é aceita como de gala.

Algumas Comendas, medalhas e condecorações com que o Comendador DeRose foi agraciado por instituições culturais, humanitárias, militares e governamentais, que o tornam o professor mais laureado da História do Brasil.

"Aceito essas homenagens porque elas não são para engrandecer o ego de uma pessoa, mas servem como reconhecimento à nossa filosofia pela sociedade e pelas instituições. É a nossa filosofia que está sendo condecorada." DeRose

1. Medalha Tiradentes, da Assembleia Legislativa do Rio de Janeiro.
2. Medalha Internacional dos Veteranos das Nações Unidas e dos Estados Americanos.
3. Medalha da Paz, pela ONU Brasil.
4. Medalha Marechal Falconière.

5. Comenda da Sociedade Brasileira de Educação e Integração.
6. Comenda do Mérito Profissional, da Academia Brasileira de Arte, Cultura e História.
7. Cruz Acadêmica, da Federação das Academias de Letras e Artes do Estado de São Paulo.
8. Medalha Paul Harris, da Fundação Rotária Internacional.

9. Cruz do Mérito Filosófico e Cultural, da Sociedade Brasileira de Filosofia, Literatura e Ensino.
10. Cruz de Cavaleiro, da Ordem dos Nobres Cavaleiros de São Paulo.
11. Medalha do Mérito Histórico e Cultural, da Academia Brasileira de Arte, Cultura e História.
12. Cruz do Reconhecimento Social e Cultural, da Câmara Brasileira de Cultura.

13. Colar José Bonifácio, da Sociedade Brasileira de Heráldica e Medalhística.
14. Comenda da Câmara Brasileira de Cultura.
15. Medalha de Reconhecimento, da Câmara Brasileira de Cultura.
16. Medalha do 2º. Centenário do Nascimento de José Bonifácio de Andrade.

17. Medalha Ulysses Guimarães, da Ordem dos Parlamentares do Brasil.
18. Medalha da UNICEF da União Européia.
19. Medalha Comemorativa dos 25 Anos do Mestre DeRose em Portugal.
20. Esplendor do Mérito Histórico e Cultural.

21. Medalha Comemorativa dos 200 Anos da Justiça Militar da União.
22. Medalha Brigadeiro Sampaio, Patrono da Infantaria.
23. Láurea D. João VI em comemoração pelos 200 anos da Abertura dos Portos.

24. Medalha do Bicentenário dos Dragões da Independência, do Exército.
25. Medalha do Bicentenário dos Dragões da Independência, do Exército.
26. Cruz da Paz dos Veteranos da Segunda Guerra Mundial.
27. Medalha do Rotaract

28. Medalha Olavo Bilac, da Academia de Estudos de Assuntos Históricos (MS).
29. Medalha do Mérito da Força Expedicionária Brasileira.
30. Medalha MMDC, comemorativa da Revolução Constitucionalista de 1932.
31. Medalha Ulysses Guimarães, da Ordem dos Parlamentares do Brasil (segunda).

32. Cruz do Reconhecimento Social e Cultural.
33. Grão-Colar da Sociedade Brasileira de Heráldica e Humanística.
34. Colar Marechal Deodoro da Fonseca, no Polo Cultural da Casa da Fazenda do Morumbi.
35. Medalha Ulysses Guimarães, da Ordem dos Parlamentares do Brasil (terceira - prata).

36. Medalha Sentinelas da Paz - Batalhão Suez - UNEF.
37. Medalha da Defesa Civil do Estado de São Paulo .
38. Medalha Prof. Dr. Antonio Chaves da OAB SP.
39. Medalha da Casa Militar, do Gabinete do Governador do Estado de São Paulo.

40. Resplendor do grau de Grande Oficial da Ordem dos Nobres Cavaleiros de São Paulo.
41. Cruz do Anhembi, da Sociedade Amigos da Cidade.
42. Medalha Marechal Trompowsky, Patrono do Magistério do Exército.
43. Medalha Solar dos Andradas, da Soc. Amigos do CPOR - Centro de Preparação de Oficiais da Reserva.

QUANDO É PRECISO SER FORTE
A AUTOBIOGRAFIA DO ESCRITOR DeRose

Em suas mais de 600 páginas, este livro instrui e distrai com um refinado senso de humor, descrevendo de maneira impecável as boas e más experiências de vida de DeRose no colégio interno, no exército, nas sociedades secretas, na família, nas relações afetivas, relatando viagens, descobertas e percepções proporcionadas por mais de duas décadas de contato com monges nos Himálayas. No texto de *Quando é Preciso Ser Forte* encontramos passagens que nos fazem dar boas risadas e outras que nos arrancam lágrimas sentidas.

A obra aborda história, filosofia, romance, drama, ocultismo, orientalismo, empreendedorismo, cultura e poesia. O autor flui com facilidade e harmonia de um tema para o outro, deixando o conteúdo bem equilibrado e prendendo a atenção do início ao fim da leitura. Alguns leitores não conseguem parar de ler enquanto não chegam ao final.

A utilização de um precioso amálgama entre a linguagem coloquial e a norma culta, entre o vocabulário existente e algumas alquimias bem sucedidas com neologismos aplicados na hora certa, os inteligentes jogos de palavras temperados com alguma irreverência, tudo isso constitui uma maneira nova e inusitada de escrever que torna a leitura muito agradável. Trata-se de um estilo literário diferente, em que o leitor é colocado dentro do livro, ao lado do autor, enquanto este toma-o pelo braço e vai contando sua história.

Você pode adquiri-lo nas melhores livrarias ou pelos telefones:

(11) 3081-9821, 3088-9491 ou 9312-6714.

www.MetodoDeRose.org

MÉTODO PARA UM
BOM RELACIONAMENTO AFETIVO

Finalmente, um livro que diz tudo, sem meias palavras, com seriedade e usando uma linguagem compreensível. Era assim que queríamos ler sobre esse emaranhado emocional que são as relações afetivas.

Dos livros que tentam dissertar sobre o tema, a maior parte é maçante. Os outros, populares demais. Estava faltando um livro pequeno, mas profundo; culto, mas escrito em linguagem coloquial; e que não fosse elaborado por um teórico no assunto, mas por alguém com experiência prática, real e incontestável. **Bom Relacionamento Afetivo** é tudo isso. E mais: é o presente ideal para o namorado ou namorada, marido ou esposa e, até, para os "melhores amigos".

Ofertar este livro é abrir a visão da pessoa que você ama para novos valores e colocar a felicidade em suas mãos.

Você pode adquiri-lo nas melhores livrarias ou pelos telefones:

(11) 3081-9821, 3088-9491 ou 99312-6714.

www.MetodoDeRose.org

ANJOS PELUDOS,
MÉTODO DE EDUCAÇÃO DE CÃES

Muitos humanos tratam seus cães como pessoas da família. Está certo ou errado?

Outros tratam cachorro como bicho, mas sob aquela ótica de que animal tem que viver lá fora e não pode entrar em casa. Se fizer frio ou chover, o bicho que se vire, encolhido, tremendo, lá na sua casinha de cachorro alagada e sem proteção contra o vento e as intempéries.

Entre os dois extremos talvez esteja você. Certamente, se este livro despertou o seu interesse a ponto de ler este texto, você está mais para o primeiro caso do que para o segundo. Então, é com você mesmo que eu quero compartilhar o que assimilei nos livros, nos diálogos com adestradores, mas, principalmente, o que eu aprendi com a própria Jaya, minha filhota tão meiga.

Você pode adquiri-lo nas melhores livrarias ou pelos telefones:

(11) 3081-9821, 3088-9491 ou 99312-6714.

www.MetodoDeRose.org

Eu me lembro...

Poesia, romance, filosofia. Como o autor muito bem colocou no Prefácio, este livro não tem a pretensão de relatar fatos reais ou percepções de outras existências. Ele preferiu rotular a obra como ficção, a fim de reduzir o atrito com o bom-senso, já que há coisas que não se podem explicar. No entanto, é uma possibilidade no mínimo curiosa, que o escritor DeRose assim o tenha feito pelo seu proverbial cuidado em não estimular misticismo nos seus leitores, mas que se trate de lembranças de eventos verídicos do período dravídico, guardados no mais profundo do inconsciente coletivo.

Método de Boa Alimentação

O que seria uma "Boa Alimentação"? Sob a ótica de um nutrólogo ou nutricionista é a que nutre bem. Sob o prisma de um terapeuta, boa alimentação é a que traz saúde, vitalidade, longevidade. No de quem quer emagrecer, é a que não engorda. De acordo com os ambientalistas, boa alimentação é aquela que agride menos o meio ambiente e preserva os animais. Na opinião de um chef-de-cuisine, boa alimentação é aquela elaborada com produtos de excelente procedência, preparados com arte e que resultem em um sabor refinado, bem como uma apresentação sofisticada no prato.

No nosso caso, consideramos como boa, uma alimentação que inclua todos esses fatores. Mas, ao mesmo tempo, que não seja um sistema difícil, nem estranho, nem estereotipado. Precisamos ter a liberdade de entrar em qualquer restaurante ou lanchonete e comer o que nos der mais prazer. Como conciliar isso com o conceito de Boa Alimentação? Isso é o que este livro vai lhe ensinar de forma simples e descontraída.

Meditação

Para ensinar meditação, é imprescindível que o ministrante tenha experiência prática e anos de adestramento para que saiba solucionar as dificuldades dos alunos. Prof. DeRose comemora mais de 50 anos ensinando meditação nas universidades federais, estaduais e católicas de quase todos os estados do Brasil em cursos de extensão universitária e também em universidades da Europa.

Quanto à experiência pessoal, o Preceptor DeRose já vivenciou estados que se encontram um patamar acima da meditação, algumas vezes na própria Índia, para onde viajou durante 24 anos.

BestFriend BookCrossing

A prática do *BookCrossing* consiste em "libertar" os livros que já tiver lido em locais públicos para que outras pessoas possam ter acesso gratuito a eles, transformando, assim, o mundo em uma grande biblioteca aberta.

O *BestFriend BookCrossing* consiste em "libertar" algum livro que tenha lido e que considere muito importante, ofertando-o ao seu melhor amigo a fim de lhe proporcionar informações relevantes ou experiências, princípios e valores que possam melhorar a vida dele.

Normalmente, o *BestFriend BookCrossing* costuma reforçar os vínculos de amizade entre as pessoas e, muitas vezes, tornar inesquecível aquele que presenteou seu melhor amigo com uma obra significativa.

Espero que o estimado leitor, após ler este livro, não o deixe sozinho, triste e abandonado numa estante. Espero que lhe dê vida e alegria, permitindo-lhe uma existência mais útil, passando-o adiante.

Caso já seja uma segunda ou terceira pessoa a ler este livro, não interrompa essa dinâmica e siga compartilhando a obra.

Se você for muito apegado a este volume, pelo menos, adquira outro para presentear à pessoa que você mais estima.

Receba, em troca, a gratidão de todos, autor e futuros leitores.

Nossos votos de muita felicidade, saúde e prosperidade pela sua solidariedade ao propagar a cultura por entre o nosso povo..